译 者 简 介

　　董继平，重庆人，早年获得过国际加拿大研究奖（1991 年），参加过美国艾奥瓦大学国际作家班（1993 年），为"艾奥瓦大学荣誉作家"。译有外国诗歌及自然文学二十余部，美术及建筑画册三十余部。

欧美诗歌典藏

布洛克诗选

Michael Bullock *Selected Poems*

董继平◎编译

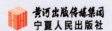

黄河出版传媒集团
宁夏人民出版社

图书在版编目（CIP）数据

布洛克诗选 / 董继平编译.—银川：宁夏人民出版
社,2011.12
（欧美诗歌典藏）
ISBN 978-7-227-04970-8

Ⅰ.①布…　Ⅱ.①董…　Ⅲ.①诗集—加拿大—现代
Ⅳ.①I711.25
中国版本图书馆 CIP 数据核字(2011)第 278710 号

欧美诗歌典藏——布洛克诗选　　　　　　　　　　董继平　编译

责任编辑　唐　晴　陈　晶
封面设计　项思雨
责任印制　李宗妮

黄河出版传媒集团
宁夏人民出版社　出版发行

地　　址　银川市北京东路 139 号出版大厦(750001)
网　　址　http://www.yrpubm.com
网上书店　http://www.hh-book.com
电子信箱　renminshe@yrpubm.com
邮购电话　0951-5044614
经　　销　全国新华书店
印刷装订　宁夏精捷彩色印务有限公司

开　本　720mm×980mm 1/16　　印　张　20.5　字　数　200 千
印刷委托书号　（宁)0008821　　印　数　5000 册
版　次　2012 年 3 月第 1 版　　印　次　2012 年 3 月第 1 次印刷
书　号　ISBN 978-7-227-04970-8/I·1283

定　价　38.00 元

幻境创造者：布洛克

Michael Bullock, Maker of a Dreamland

董继平

　　超现实主义是 20 世纪最重要的世界性先锋派文艺思潮。作为一个团体，它从 1919 年发轫到 1969 年终止，历时 50 年，产生过像布勒东、达利、阿拉贡、艾吕雅、恩斯特那样的著名人物，其影响早已深入欧美文学、艺术、电影等各个领域，正如其领袖人物布勒东所宣称的那样，超现实主义与其说是一个文艺流派，还不如说是一场冲击力和渗透力都极强的"革命"。

　　尽管超现实主义已不再作为一个文艺团体存在，但它作为一种文艺思潮，却在欧美文艺界的反响不绝如缕，其影响力之深远、覆盖面之宽广、持续时间之长久，都是其他现代主义文艺思潮所不及的。纵观 20 世纪的欧美诗坛，自觉或不自觉地采用超现实主义手法写作的诗人遍布世界各地，他们当中既有伊比利亚半岛上的阿莱桑德雷·梅洛（1977 年诺贝尔文学奖得主），莱茵河畔的德国诗人卡尔·克罗洛夫，蓝色爱琴海的希腊大诗人奥季塞夫斯·埃利蒂斯（1979 年诺贝尔文学奖得主）、扬尼斯·里索斯（三次成为诺贝尔文学奖候选人），也有新大陆上的"新超现实主义"领袖人物罗伯特·勃莱、W.S.默温等。当然，还有我们在这里要介绍的早年活跃于英伦三岛的 20 世纪加拿大著名诗人迈克尔·布洛克。

初遇印度"幻境"与超现实主义

　　迈克尔·布洛克（Michael Bullock, 1918~2008），中文名字为布迈

恪，1918 年生于英国伦敦，出生 10 个月后其母亲就去世了，这使他后来力图通过幻想型的作品来弥补这种丧失的母爱。他的父亲是保险公司的官员，但父子之间的关系一直不太融洽，因此他的童年时光多半是随姑母度过的。作为热爱文艺的芭蕾舞演员，姑母常常鼓励他的艺术追求，孩提时代起，布洛克便对语文课本非常入迷，6 岁时即开始学习拉丁文和法文，通读《圣经》，对外语也产生了浓厚的兴趣，他的努力加上天赋，最终让他后来成为英语世界中的知名文学翻译家。

布洛克早年就读于英格兰巴金罕什尔的斯托学校，这里成为他后来很多文学作品的背景。在这里，他写下了第一首诗。他最初的诗作没有系统的哲学体系，但他把超现实主义视为一种具有象征特性的原型的"神话学思维"，这与他 16 岁时在斯托学校大量阅读德国浪漫主义哲学家，尤其是谢林的著作息息相关——谢林对自然的观点，就是视万物都具有生命，这极大地影响了布洛克早期乃至中后期诗歌作品的内涵：感受者的意识与他周围形形色色的物体的生命相融合。布洛克在斯托校园不仅写诗，对绘画亦十分入迷，这又为他后来成为一位超现实主义画家奠定了基础。

1936 年是布洛克一生中的转折点，发生了改变其创作生涯的两件大事。

1936 年，年仅 18 岁的布洛克去印度探望父亲和继母，住在加尔各答和噶伦堡。噶伦堡距喜马拉雅山脉不远，此处景色宜人，让他从此爱上了印度文化。此后的 6 个月里，他与一名叫玛雅的少女邂逅并一见钟情，而"玛雅"一词在印地语中系"幻境"之意，这可能是个极大的巧合。玛雅是印度大诗人泰戈尔的侄孙女，她是一位很有天赋的音乐家，常常用簧风琴为布洛克演奏孟加拉民歌。但他们之间的关系终因玛雅的父母的反对而终止，但玛雅的照片却一直挂在布洛克在温哥华的寓所中，玛雅的形象也反复出现在他后来创作的一系列作品中，如 1986 年出版的长篇小说《兰道夫·克兰斯通与玛雅面纱》等。玛雅的出现和消失，已经成为布洛克一生永远无法解开的情结，对他的创作产生了极为深远的影响。玛雅之于布洛克，正如比阿特丽采之于但丁、毛德·岗之于叶芝，正如歌德所言："永恒的女性，引导我们上升。"

同年，布洛克参加了超现实主义伦敦展览会。这是 1930 年至
1938 年间超现实主义者在世界各地举办的十几次展览会中最成功的三
次展览会之一（另外两次为 1937 年东京展览会和 1938 年巴黎展览
会）。在这次展览会上，以英国超现实主义诗人狄兰·托马斯、大卫·
盖斯科因等人十分活跃，使之十分成功。让布洛克非常惊讶的是，尽
管他当时尚不能以什么"主义"或"流派"来界定自己的作品，但他
发现，超现实主义诗歌的创作原则竟然与自己的创作实践不谋而合。
布洛克早年曾受到多种文艺思潮的影响，正如他在"中文版序"和
"创作自述"中所提到的那样，他的早期作品中既有英国维多利亚时
代的浪漫主义、法国象征主义、德国表现主义的气息，又有超现实主
义的色彩，甚至还有东方韵味。伦敦超现实主义展览会，让他彻底发
现了原则上作为"解放意象"之手段的超现实主义，从此他开始了大
半个世纪的创作生涯，奠定了其创作总体基调。

30 年代至 60 年代：从英伦到加拿大

1938 年，布洛克结集出版了其处女诗集《变形录》。在这本诗集
的扉页上，他使用了一生中唯一的笔名"迈克尔·赫尔"，并在扉页上
写下了这样的题记："诗歌的作用是暗示，陈述则应该留给散文"，
这一题记或多或少决定了布洛克此后大半个世纪的诗歌创作方向。这
部诗集共收入早期短诗 33 首，多为试验性作品——从这些短诗中，
我们不难感受到他当时试图通过一系列实践来确定自己的风格，因此
从总体上讲，这部诗集的内涵相当复杂，同时兼具拉斐尔前派、印象
主义、东方主义、意象派、象征主义、早期表现主义和超现实主义的
音色，比如《睡莲之歌》，就具有雪莱式的抒情和拉斐尔前派诗歌风
格的血缘，同时隐约地把印度神话与《圣经》中的雅歌粘连为一体；
《财宝》一诗中所表现的对财宝的追寻，其实是对自我的追寻，其创
作手法属于具体的意象派美学范畴；《月光花》具有浪漫主义色彩，

但又包含了"欲望的深红色的月光花"这样的隐喻。这部诗集就像一把音叉，拨动之后，泛发出各种不同的音调。

此后的 20 多年里，他一直坚持不懈地创作，但主要从事文学翻译。从那时到现在，他已经翻译出版了 150 多种法、德、意等国的文学、美学和哲学著作，由于其翻译成就，他还担任过英国翻译协会主席、美国著名学术刊物《翻译评论》编委；荣获过 1966 年联邦德国政府颁发的"施莱格尔—蒂克德语翻译奖"、1979 年加拿大文化委员会法语翻译奖。值得一提的是，他在 60 年代初曾与人合作翻译过中国唐代山水诗人王维的诗选《幽居的诗篇》（联合国教科文组织文化交流项目）、《毛泽东诗词 37 首》，为中国文化在西方的传播起到了一定的推动作用，这是非常难能可贵的。

60 年代是布洛克进一步深化超现实主义手法和风格的时期。1960 年出版的《星期日是乱伦之日》这一诗集中具有强烈的激情和心理要素，其中的超现实意象层次分明、明澈，但又接近表现主义式的版画风格，一些短诗表现出奇特的意境，如《催促》一诗是诗人内心与外部世界的联系、冲突的产物；《夜的五个名字》中所使用的跳跃性暗示，已成为这部诗集的主题性手法："插入的五只手，夜的五个名字/恢复平衡，选择欲望。"而他出版于 1963 年的另一本诗集《并不以阿门开始的世界》，一方面是这种内涵的延续，而另一方面则显得更有秩序，想象更加贴切和巧妙，如《进入这种黑暗》、《融化之石》等篇均为典范；《夜晚是一只死鸟》、《时间之镜裂纹》具有表现主义风韵；《双重性》阐发了世界万物的相对性。布洛克在这个阶段创作的诗歌，尽管现代主义风格十分浓重，但还未形成纯粹的超现实主义诗风。

60 年代中期，布洛克创办了现代主义诗刊《表现》，还被选为国际笔会英国分会的执行委员。1967 年，联邦德国一家出版社出版了其诗选《我嘴里的两个噪音》（英德对照本）。1968 年，布洛克以英联邦学者身份来到加拿大，在温哥华卑诗大学教授文学创作。1969 年，他同时推出诗集《野性的黑暗》和短篇小说集《如其发生的十六个故事》；同年成为美国俄亥俄大学英语系访问教授，一年后回到卑诗大学任文学创作教授及翻译专业主任，1983 年以终身教授的身份退休，退休后一直在家专事写作、翻译、绘画，直至 2008 年去世。

《野性的黑暗》（1969）是布洛克在 60 年代推出的一部重要诗集。从这部诗集中，读者可以看到其诗风总体特征：日趋完美、纯粹的超现实主义手法。其中的《回忆》《无声的女人》《奇迹》等诗篇，在创作上运用了一定的叙述手法，尽管不太明显，却已显示出他后来的作品中的那种超现实主义的虚构性萌芽。该诗集中的主题诗《一条河生与死的两天》，全诗共 5 节，通篇用象征、超现实、表现主义等诸多元素组成，表现了人类寻找自我的心灵历程。该集后一部分是叙事性较强的寓言式散文诗（或可称为寓言、小散文或随笔），那些超现实的场景犹如一幅幅超现实主义油画，既有抽象的轮廓，又有形象的线条。

70 年代至 80 年代：超现实的成熟

70 年代，布洛克担任了加拿大著名文学刊物《国际棱镜》的 5 年主编，同时出任《加拿大小说杂志》编委。此间，他的作品有寓言集《绿色的开始，黑色的结局》（1971）、剧本《不去香港》（1973）、长篇小说《兰道夫·克兰斯通与追逐的河流》（1975）、《兰道夫·克兰斯通与玻璃顶针》（1977，获同年英国新小说协会书奖）、诗集《黑色的翅膀，白色的死者》（1978）等多卷。诗集《黑色的翅膀，白色的死者》中，色彩性十分浓厚，不少作品宛若超现实主义绘画，如《黄色回音》、《黑羽毛》等。布洛克运用娴熟的超现实主义诗艺拓展其主题范围，使之更加细腻、日趋完美。这虽然只是他的诗歌创作生涯中的一个过渡时期，但为他后来的高峰创作时期打下了坚实的基础。

80 年代是布洛克的高峰创作时期，他出版了 7 部诗集、3 部长篇小说和两部寓言集。而这个创作时期是以他在 1981 年推出的诗集《黑林中的线条》开始的。《黑林中的线条》一问世，即受到了评论家们的盛赞，并获得 1982 年《圣弗兰西斯科书评》最佳书奖。在这部诗集中，布洛克以极其完美的超现实主义手法，同时又辅之以某些东方格调，把自然与诗人的心境（情与景）天衣无缝地融为一体。其中最重要的还不是该集中的诗作本身，而是布洛克把西方现代主义和东方精神（如中国的"道"）熔于一炉的开端。诗集中的作品行文流畅，娓娓道来，让人感到这位诗歌大师那种超然于笔调之上的娴熟诗艺，如《三棵树》一诗便是最好的例证：

湖畔的树

从石头中汲取生命
山顶的树
从埋葬的骨头中汲取体液
而我们房子墙边的树
靠我们的叹息而生活
在我们其中之一死去时
将茁发出新叶

在 1982 年出版的诗集《献给朱迪的双轮马车》中，既有倾向抒情的作品，也有超现实的"奥菲丽娅系列"，后者以凝重、深入的笔调去认识超现实世界中的奥菲丽娅——亚视比亚悲剧《哈姆莱特》中的悲剧人物，其风格完全有别于英国维多利亚时代的诗人罗塞蒂等人笔下的奥菲丽娅。总体上，这部诗集将自然风景与诗人的心境巧妙地结合在一起。

1983 年，布洛克以终身教授的身份从大学退休，在家从事创作，还不时出国旅行。同年，他推出了散文诗集《雨的囚徒》，将超现实主义诗艺推向了一个高峰。该集共有 99 篇作品，除序诗外，共分为七大部分。据诗人自己称，这些散文诗是他置身于温哥华野外公园的自然景物中，在中国的道家精神影响下写成的。这部集子中既有像《窄街》《秋雨》《蛾之桥》那样的抒情性散文诗，又有像《危险》《哲学的晕眩》《落叶》等具有叙述情节成分的寓言式散文诗。1984年，这部集子获得《圣何塞水星新闻》最佳书奖，不少论者认为布洛克是一位"善于描绘黑暗、突兀然而优美的世界的当代英语文学大师"。更有人认为,这部作品是他将东方格调与西方现代主义精神合璧的最重要的作品。

《长满荆棘的心灵》(1985)是他这段时间创作的又一部诗集。该集中的作品分为几个系列。在有的系列中,诗与散文诗参半,相互穿插,显得很有节奏感,其中的作品交织着象征主义、超现实主义手法,颇具特色。其中的《日本月亮》一诗颇具东方意味,类似由6首日本俳句组成,试看一例:

> 雨中之月
> 默默哭泣的
> 白色面庞

1985年,创作活跃的布洛克同时出版了两部寓言集——《双重本我》和《双手穿花的人》。后者被一些评论家称为具有叙述性情节的寓言式散文诗集,而另一些文体学家和评论家则一直认为这些作品是超短篇小说,其叙事性很强,诗人往往虚构出一个超现实的幻想型情景,通过突兀、冷峭甚至恐怖的描写,最后得出令人意想不到的戏剧性结局,如该集中的《头发着火的人》《六支箭》《椅子下面》等多篇,均系此类作品的代表作,因为这一点,有的评论家甚至认为他是"如同20世纪的爱伦·坡"。

1986年至1988年,布洛克以每年一部的速度推出了3部长篇小说:《兰道夫·克兰斯通与玛雅面纱》《诺伊尔的故事》《兰道夫·克兰斯通走向内行的路》;他的短篇小说集《森林之池》于1986年获得"奥卡根纳短篇小说奖"。

《暗水》(1987)是布洛克把中国"道"与西方现代主义诗艺结合在一起的又一高峰体验。这部诗集渗透着沉着、宁静而又飘逸的氛围,内中不时交织着东西方文化交融的情韵,请读渗透了日本连歌风格的《黑色连歌》中的一节:

子夜的林中

一只白鸟

振动翅膀

仿佛被黑暗

囚于笼中

　　布洛克所擅长的把自然物象与精神心象完美地结合的手法，在这部诗集的"秋天的小提琴"这一部分，显得更为集中、更为典型，营造出一种截然不同的自然季节变迁的景象。

　　如果说1988年出版的《绿纸上的诗》在某种程度上是《暗水》的继续和余音，那么1989年出版的《温哥华情绪》则可以说是有一个变调的强音——布洛克所有诗集中与中国的"道"最为接近的诗集。从总体上来说，这部诗集更加合乎"道"的自发性精神，布洛克在其中不仅企及"道"，而且在《大学基金捐赠处的四月》一诗中宣称：

　　……

　　它以一个长着树木般的

　　绿色胡子的古代贤人的

　　嗓音讲起"道"

　　……

　　然而"道"常青

　　穿流万物

　　从此中不难看出，布洛克已经认识到"道"的宇宙性和日常性，使之与自己的诗歌作品相关联、相互包容。但最集中体现这种精神的作品莫过于其中的《秋天的诗——新渡户花园》：

　　1

　　我的衣袖上

优美的雨滴声
一根手指轻叩在
窗玻璃上

2

池塘的黑镜上
秋叶：
燃烧之唇的吻
印在玻璃上
……

90 年代以来：超现实的累累果实

90 年代伊始，布洛克便出版了《秘密的花园》(1990)、《月亮降凡》(1990)、《迷宫》(1992)、《带墙的花园》(1992)、《具有致命颠茄眼睛的术士》(1993)、《流入的河》(1993) 多部诗歌作品，以及小说《燃烧的教堂》(1991)。《秘密的花园》是一首长诗，全诗共分为 16 节，表现了诗人在自然景物中延展的想象力；《月亮降凡》，则是诗人受中国有关月亮的民俗的影响和启发而写成的，共有近 20 首表现不同时期的月亮的短诗。《带墙的花园》是布洛克在 90 年代推出的难得的力作，这部诗集由诗与散文诗相互交织、穿插而构成，内容和手法都可以说达到了十分完美的超现实境界。

布洛克在 90 年代出版的诗集，还有《黑暗的玫瑰》(1994)、《无懈可击的奥沃伊德·奥拉》(1995)、《黑色的十四行诗及其他诗作》(1998)、《在花朵中喷发》(1999)。进入新世纪，他又推出了《夜曲》(2000)、《黑天鹅的翅膀：爱与丧失的诗》(2001)、《色彩》(2003) 和《季节：转折年的诗》(2008) 等，这些作品犹如累累的果实，是诗人对超现实场景都有更加深刻的体验，同时也是对超现实主义诗歌精神的进一步发挥。

布洛克是一位十分复杂的文学大师。他一方面深受西方现代主义文艺思潮的影响，另一方面又从东方文化尤其是中国文化（如他自己在"中文版序"中所提到的那样）中汲取营养。评论家对他存在着非常激烈的争论，有的说他是超现实主义作家，有的则认为他属于魔幻现实主义作家的阵营……而他自己则声称："我不是现实主义作家。也不是自然主义作家。由读者去界定我的身份好了。"布洛克自己在日记中写下了以下几条很有意义的创作准则：

1. 我要描述我的内心风景；

2. 我要对我周围的世界，尤其是对自然界表现我的情感反应；

3. 我想被人理解。

从布洛克的这几条创作准则不难看出：布洛克的作品的内涵和外延（内情和外景）交织，以他自己的创作想象引发读者的想象扩张——而这正是西方现代主义手法的主要目的和特征；其内涵既富于自然色彩，又颇具形而上的哲学境界，犹如万花筒一样变幻莫测，是自然界物象和潜意识心象的结合体。

布洛克的诗歌作品一般较为短小精悍，多在 20 行上下，还有大量的散文诗。实际上，他的好几部作品已经完全冲破了文体障碍，小说、诗歌、散文、寓言等内容兼而有之，这又成为评论家们争论的另一焦点。他的大多数作品已经被翻译成了法、德、意、波兰等主要欧美语言及东方的日、朝、旁遮普、阿拉伯等语言。

这部中文版《布洛克诗选》系译者于 1988 年至 2005 年 17 年间陆续译成的，其中很小一部分曾在国内多种刊物和选集上刊出过。这部诗选收入布洛克 1938 年至 2003 年 60 多年诗歌创作生涯中出版的 21 部诗集的力作 250 余首（篇）。鉴于此项工作的难度和复杂性，难免有错误和疏漏之处，因此敬请专家和读者指正。

译者在此向已经去世的布洛克先生本人表示衷心的感谢。若非他在生前慷慨地友情赠予版权，汉语世界的读者恐怕无法这么全面地读到他的作品。

2011 年 10 月于重庆云满庭

作者中文版序
A Preface for Chinese Edition

  我最初的重要文学经验，发生于我6岁时从头到尾通读《圣经》——不是为了宗教的缘故，而仅仅是为了一种挑战，因为大人们说我无法阅读这部书。也许这是诱我深入阅读这部书的一种策略。如果是这样，那么这种手段当然就起了作用。无论怎样，我的散文诗风格都留下了詹姆斯国王时期《圣经》译文风格的难以消除的痕迹。

  第二种相似或者甚至更重要的经验，发生在10年以后，是我16岁时在马克·范多伦编选的《世界诗选》中初次读到中国诗歌。这部选集以海伦·瓦德尔所译的《诗经》中的4首诗开篇，接下来是大家可能会期待的，包括阿瑟·威利、埃士拉·庞德在内的其他几位译者的译文。但正是这最初的4首诗，还有接下来的由我后来所熟悉的艾伦·厄普沃德和L.克兰默—宾所译的两首诗，给我留下了持久的印象——对于我，也许它们是最初的影响，而且是相同于初恋一般的影响。它们影响了我，甚至从未被后来影响我的，最为显著的法国超现实主义和德国表现主义等因素抹去，这些因素注定了我的诗风。

  我对这些诗中的第三首尤其注意，其英译文题名为《在池藻下》，因为它与水及水下的关系，我感受到一种非常特殊的共鸣。水的意象，无论是江河、湖泊、池塘还是大海，都在我的诗里极为频繁地到处出现；而尤其是在我的小说中，水下发生的事件是一个反复突然发生的主题。"池藻"，或者是可替代为"水藻"的这个非常的字眼，是我极为依恋的。也许，有趣的是我在我初读该诗时进行注释，在每一节诗的最后一行中涉及其国王的镐京，实际上给我的印象是一个水下世界。仅仅是在多年以后重读该诗时，我才意识到池藻下的王国和位于陆地上的镐京之间，正被画上一条平行线。水与水下世界当然无论如何也是吸引我的原型意象，但我无法想象这首特殊的诗的影响也在起作用。我在此引录其全部原文：

鱼 藻①

鱼在在藻，有颁其首。王在在镐，岂乐饮酒。

鱼在在藻，有莘其尾。王在在镐，饮酒岂乐。

鱼在在藻，依于其蒲。王在在镐，有那其居。

　　我可以把中国诗歌对自己的作品的影响，概括成坚持与生动具体的出色意象相联系的语言清晰度。这个观点后来被我那种盎格鲁—美利坚式的意象派经验所大力强化，但既然意象派本身在很大程度上是对中国诗歌的反应，那么它就坚定并且强化了我对那些我认为是调节中国诗歌的原则的奉献。

　　1960年，在我一生中很晚的一个阶段里，我能通过协助我的好友杰罗姆·陈教授翻译一本中世纪的中国诗选来颂扬中国诗歌，并间接承认它对我的影响。该书由联合国教科文组织资助，以"幽居的诗篇"为题出版。要说明的是，有关这部诗选的想法，诞生于我对陈教授显露我纯粹出于个人兴趣，而从意大利文转译的王维的《辋川集》中的系列诗篇。

　　中国诗歌是我的诗歌发展历程中所起的主要作用，令人尤为可喜的是，倾尽我的毕生之作的选本，现在将以中文版出现。我宁可说，这种来自中国的影响使我的诗尤其适合于被译成中文——唯有译者才能断定这种影响是否使我的诗更加易于翻译！无论怎样，我都希望这种影响有助于我的诗会被中国读者理解，也希望这样的读者会从阅读我的诗作的这些中译文中，获得相同的愉快。

　　当然，我也意识到对我的诗歌发生过的其他巨大影响。超现实主义，可能会发出一种相异而又不陌生的音符，以一种中国古典诗歌里

012　　①见《诗经·小雅·鱼藻之什》。

当然不会宽容的方式，导致怪异、扭曲、意外的意象成果产生，尽管我偶尔读过当代中国诗人所作的，某些在精神上与我自己的作品相去不远的诗作，我也不能断定这样的意象在何种程度上可以被当代中国读者接受。

由于现代主义，尤其是超现实主义的沉重覆盖，对中国读者来说，要发现我如此着重强调过的中国影响的观点之基础，是不容易的。然而，超现实主义本身把最大的重点放在意象上，我无法避免想象——这可能会回溯到对意象的高度评价上，它共用于意象派、象征主义甚至表现主义，最终还有超现实主义，共用于大约在本世纪转折期时出现的中国诗译文对欧洲诗歌的影响。

最后，我要称赞我的中文译者董继平先生，他孜孜不倦地努力翻译和安排在刊物上发表我的作品，促成了这部诗歌作品的出版。遗憾的是，我自己不能评价其译文质量，但讲汉语的友人对我讲起其译文的优美时都热情洋溢，因此我满怀信心，分享我的诗作的这个中译本在汉语世界中问世的喜悦。

迈克尔·布洛克
1992 年 8 月初识于加拿大温哥华
1997 年 10 月再识于加拿大温哥华卑诗大学

致中国读者
A Letter to Chinese Readers

    在问候我的中国读者的同时，我感到我在偿还一笔意义重大的债务。16岁时，我在学校图书馆偶然读到了一本书——由马克·范多伦和巴贝特·杜茨赫编辑的《世界诗选》，它对我未来的诗人生涯产生了巨大影响，其通篇内容令人产生奇想，但是给我冲击最大的莫过于中国（和日本）诗歌的译文，它们的简洁、意识和视觉意象的鲜明生动吸引了我。从那时起，无论我遇到其他什么影响，我都一直努力维持着我诗歌中的这些特质。我相信，我几乎阅读过每一种英语、法语、德语和意大利语的中国诗歌和日本诗歌译文。尤其重要的是由马丁·贝内迪克特译成意大利语的王维和裴迪的《辋川集》，这本书是我在编辑刊物《国际棱镜》时，由它的意大利出版者非常偶然地送给我的。读到其中的诗篇，我如此兴奋，因此就开始自娱着把它们译成英文。当我把我的译文给我的好友、已故的纽约大学的杰罗姆·陈看时，他对此产生了极大的热情，因此提议说我们应该翻译一大系列大约与王维同时期的诗人的作品，再加上生平小传和注释，那样就完整了——结果就产生了这部题名为《幽居的诗》的译作，我们将其投给一位出版商和联合国教科文组织，联合国教科文组织热情洋溢地接受了这部译作，并把它作为"中国诗歌最佳范本"而收入"联合国教科文组织代表作品集/中国系列"中。这本书不止一次重印。我感到《辋川集》中的绝句，是我以上列举的中国诗歌的典型特质的准确概括。在我们翻译的《幽居的诗》里的所有诗人中，王维和裴迪一直是我最喜爱的。除了我以上列举的特征，我必须还要说的是中国人对自然的态度，即人被视为自然的一部分，这一点与西方观点不同——认为人是割裂的观察者和评论者。我要引用法国象征主义诗人皮埃尔·洛伊说的话："诗歌是一朵东方之花，它并不生长在我们的温室里面……它来自（东方），安德列·谢尼埃和济慈在他们那个时代的诗歌沙漠中，把它移植到了我们中间，可是，它却随着每个把它从亚洲带给我们的诗人而死去了。一个人必须永远在阳光的源头寻找它。"这是一种相当极端的观点，可是我产生了强烈共鸣。我尚未提到我与中国诗歌的关系的一个方面，那就是我的作品被译成中文的数目，包括诗人董继平从我多年来出版的诗集中广泛选择和翻译的选本。我的作品的其他译者，主要有香港中文大学的金圣华教授，她除了翻译我的数卷诗集外，还翻译了我呕心沥血创作的超现实中篇小说《诺伊尔的故事》，那肯定是一件极其令人望而却步的工作。我最近要问世的作品中译本是由珍妮·蔡翻译的《月与镜》，2005年1月出版。我创作的同时，更多的译本还在进行之中。

迈克尔·布洛克

题 记

An Inscription

　　我首先是一个超现实主义者。这意味着我对那种描写现实表象的自然主义作品毫无兴趣。我相信一切作品的目标，无论是诗歌、小说还是戏剧——实际上一切艺术，都应该是获得的丰富经验——这是通过展示奇妙的事物，打破梦幻与现实之间的障碍来获得的。我相信，超现实主义革命的潜能给人类思维和情感带来了变化，我把我与国际性超现实主义运动的联系视为我最重要的人类关系之一。我拒绝这样的概念——文字是为市场制作的消费品。除了为某种特定的功利性意图服务的作品，我认为一切作品都应该分享诗歌的本质。在诗歌与散文之间，我并不设置一种诗歌媒介物的差别。我赞同安德烈·布勒东的那种说法——诗歌与爱情一样，对人类生活不可或缺。

——迈克尔·布洛克

《变形录》(1938)

夜之猫 / 024

夜 / 025

财宝 / 025

牡鹿 / 026

幻象 / 027

星星 / 028

睡莲之歌 / 029

月光花 / 030

爱的影像 / 031

柳树女人 / 032

情歌 / 033

巫术 / 034

《星期日是乱伦之日》(1960)

夜歌 / 036

风景中的人物 / 037

室内乐 / 039

相遇之梦 / 041

哀悼 / 042

星期日是乱伦之日 / 044

鸟儿与火苗 / 046

唱给沙的歌 / 047

催促 / 048

夜的五个名字 / 049

《并不以阿门开始的世界》(1963)

进入这种黑暗 / 051

融化之石 / 052

鸟族三重唱 / 053

夜晚是一只死鸟 / 054

时间之镜裂纹 / 055

眼睛垂怜 / 056

一切都终结于此 / 057

双重性 / 058

穿越眼睛的森林 / 059

燃烧的灌木丛 / 060

颓败之地 / 061

身份 / 063

逆流之河 / 064

《野性的黑暗》(1969)

绿雾 / 066

梦见树叶 / 067

回忆 / 068

夜晚躺在我们身边 / 069

清晨的诗 / 070

十二天使 / 071

无声的女人 / 072

奇迹 / 073

黑暗和岛屿 / 074

被囚之河 / 075

如果我想过它会来临 / 076

情诗 / 077

对诗的记忆 / 079

我的话与蜗牛 / 080

一条河生与死的两天 / 081

在道路的转折处 / 085

晨景 / 087

深壑 / 088

早晨时刻 / 089

《黑色的翅膀，白色的死者》（1978）

黑暗中的旅程 / 091

我的遗嘱 / 092

烟柱与天空 / 092

黄色回音 / 093

黑羽毛 / 094

黑色的翅膀，白色的死者 / 095

显著的玫瑰 / 096

白日的终结 / 097

黄昏 / 098

窗口 / 099

火鸟 / 101

《黑林中的线条》（1981）

光芒之针 / 104

颠茄 / 104

黑林中的线条 / 105

驴蹄草 / 106

面庞 / 108

你的名字 / 109

黑天鹅 / 111

园中之鸟 / 112

字母和词语 / 113

夏园 / 114

秋园 / 115

叶影 / 116

三棵树 / 117

冬天的正午 / 118

受伤的夜 / 119

秋天 / 120

死亡 / 123

雨中巴黎 / 124

《献给朱迪的双轮马车》（1982）

献给朱迪的双轮马车 / 126

金发的奥菲丽娅 / 127

十字架上的苦难 / 128

阴影 / 129

你的嗓音 / 130

离 / 130

插在天鹅绒鞘中的刀子 / 131

灯盏 / 132

金发的奥菲丽娅藏在 / 132

沉默 / 133

旧书 / 135

水中的刀 / 136

梦者 / 137

树叶之豹 / 138

《雨的囚徒》(1983)

雨的囚徒 / 140

危险 / 141

窄街 / 142

寂静 / 142

雾 / 143

雪 / 144

秋雨 / 145

哲学的晕眩 / 146

蛾之桥 / 146

沉默的帘幕 / 147

空寂的秋天 / 148

落叶 / 149

雪夜 / 150

手与鹰 / 151

《长满荆棘的心灵》(1985)

长满荆棘的心灵 / 153

时间 / 154

白色花瓶 / 155

雨 / 156

词语 / 158

嗓音 / 159

空寂 / 160

两只渡鸦 / 161

黑礁石 / 162

日本月亮 / 163

清晰之镜 / 165

黑镜 / 165

朦胧之镜 / 166

镜子那边 / 166

《双手穿花的人》(1985)

幻景 / 168

头发着火的人 / 169

虚无的人 / 170

唿哨 / 171

六支箭 / 172

东京的太阳 / 173

幽暗的国度 / 174

金宝座 / 175

椅子下面 / 176

蛇与鸟 / 178

树与影 / 179

手 / 180

红色天鹅绒坐垫 / 181

搜寻者 / 182

《暗水》(1987)

暗水 / 184

林中最后一日 / 185

话语之笼 / 186

黑色连歌 / 187

水面的诗 / 189

十舟 / 190

秋天的小提琴 / 194

林中的秋天 / 195

秋天的凉意 / 196

九月 / 197

范度森花园中的秋天 / 198

低语的树叶 / 199

雾 / 199

十月的树林 / 200

鲨鱼 / 201

在唐人街的咖啡馆里 / 202

蝴蝶 / 203

艳果 / 203

《绿纸上的诗》(1988)

林水 / 205

避难所 / 206

影子向导 / 207

叶影 / 207

鸟歌 / 208

干枯的细枝 / 209

弓箭手 / 210

暗处 / 211

红狐 / 212

苹果树 / 213

暗色玫瑰 / 214

绿月亮 / 215

孤鸟 / 216

《温哥华情绪》(1989)

三月之晨——范度森花园 / 218

大学基金捐赠处的四月 / 219

大学基金捐赠处的春雨 / 222

树叶上的太阳 / 223

温哥华之晨——越过英吉利湾 / 224

九月的湖泊——范度森花园 / 225

秋天的诗——新渡户花园 / 226

秋池——新渡户花园 / 227

秋园——范度森花园 / 228

十二月的雪 / 229

冬日——范度森花园 / 230

离别温哥华 / 231

透过雨的最后音讯 / 232

《秘密的花园》(1990)

秘密的花园 / 234

《月亮降凡》(1990)

月亮降凡 / 243

《迷宫》(1992)

给洛丽-安·拉特雷莫伊尔的
　三首诗 / 251

黑暗的街 / 253

光,风,雨 / 254

淹溺之城 / 255

黑暗的凯旋 / 256

冬天的蝴蝶 / 257

梦幻之马 / 258

昼与夜 / 258

蓝色肉体 / 259

风景 / 260

迷路的树叶 / 261

春日 / 262

天鹅 / 263

钉死之月 / 264

东京之夜 / 265

《带墙的花园》(1992)

带墙的花园 / 267

军队 / 276

沼泽 / 276

日落 / 277

雪 / 278

影子、光芒和音乐 / 278

栗树 / 279

《流入的河》(1993)

河与柳 / 282

水面的诗 / 282

森林张开手臂 / 283

湿林中 / 284

树叶 / 285

翅膀 / 285

秋潭 / 286

蓝色影子 / 286

月之针 / 287

夜的花朵 / 287

玫瑰、手和钻石 / 288

招牌 / 289

无穷无尽的时刻 / 290

无名之客 / 291

夜间的城 / 292

《黑色的十四行及其他诗作》（1998）

黑鸟 / 294

林中的黄昏 / 295

锯齿形树叶 / 296

河流与芦苇 / 297

哭泣的月亮 / 298

写在岩石上 / 299

雨之网 / 300

死亡张开手臂等待 / 301

《夜曲》（2000）

夜 / 303

夜晚降临 / 303

门前的夜 / 304

夜晚是一个舞者 / 305

夜晚的名字 / 306

黑发的帘幕 / 306

转暗的房间 / 307

夜晚这术士 / 308

一个日本花园中的夜晚 / 309

夜晚的兰花 / 310

夜晚与核桃壳 / 311

夜晚之鸟 / 312

《色彩》（2003）

绿色影子 / 314

蓝色黄昏 / 315

紫色影子 / 316

紫色花瓣飘落 / 317

白 / 317

柠檬黄 / 318

红 / 318

黑与绿 / 319

布洛克诗论两篇

创作自述 / 321

超现实主义之我见 / 323

生活与创作大事年表 / 326

《变形录》(1938)
Transmutations

诗歌的作用是暗示，
陈述则应该留给散文。

夜之猫

硕大的绿眼睛之猫
夜里行走在天空的屋顶上。

它们的眼神
把世界浸泡在海绿色的光芒中。

它们的爪子
深深陷入人们的心里。

它们并没左顾右盼,
却俯视那深不可测的黑暗。

夜

风是一个站在我床上的高大哨兵，
在夜里，在夜里，在树叶垂落的时候。
月亮是一顶戴在我头上的银冠，
在夜里，在夜里，在树叶垂落的时候。
群星是坟墓，厌倦的死者从那里面
留下燃烧的灵魂，已经逃走，
在夜里，在夜里，在树叶垂落的时候。

财宝

我们寻找的财宝
隐藏在花园的墙下，
在多结的梅树纠缠的根中间，
在粉笔绒毛、鳟鱼溪和榛树影子里面。

据说，无论我们怎样刻意追寻
有朝一日终将找到它们，
它们可能会如同圣诞节的橘子
包裹在绿色的纸里。

牡鹿

哭泣的森林把它们纠缠的头发
悬挂在火焰的坟墓上。

深红色牡鹿
黄金牡鹿
绿宝石牡鹿
跃出坟墓——
它们全在歌唱。

牡鹿排成玻璃杯的队列
环绕着房子行进。
每头牡鹿的茸角上
都栖息着一只天堂鸟。

幻象

青草忧伤地，忧伤地拥抱水。
水随着眼睛和花朵回响。

在山的影子中
一群鸟在玩麻将。
其中一只鸟儿抓住山顶
把它掷入水中。

花朵变成鱼
钻入泥淖，
眼睛展翅
飞走——

让沙漠没有绿洲，
让骆驼没有清真寺。

星星

我伫立在月照的水下，
等待一颗星星坠入我的手中。

万物俱寂。
人类的头发的静止的运动
发生在我的头顶上。

黑色树根
现在缠绕在我的身上。

星星即将坠落。
夜晚将在树叶下面熄灭。

睡莲之歌

我躺在摇荡的水上，
倚靠在我爱情之床上，
太阳降临下来爱抚我，
我因为太阳炽热之吻而晕眩。

凉凉的微风，一个恋爱的青年，
用手指抚掠过我的头发。
我舒适于他温柔的爱，
如同饮酒一样清凉。

当我的主人——太阳在夜里
离开，去幽会其他恋人，
明月就前来用银色之吻
愉悦我。

我心旷神怡
是因为我的这三个恋人。
我的日子在恋爱中度过，
爱情也让我的夜晚欢乐。

月光花

在夜晚搏动着的沉寂中，
当别的花朵垂下困倦的头
花瓣因光芒消失而闭合，

欲望的深红色的月光花
生根，在一千张床上开放，
它闪发火焰的花瓣四处飘落。

白色的百合，当心这些火花吧，
以免其中一颗火花点燃你垂下的头颅
永远玷污它的洁白。

爱的影像

在群星打碎的沉默中
夜抬起头颅歌唱。

它无声的歌
刺穿我的心，
在那里创造出一个沐浴在
血与泪中的水晶影像。

在你那端坐于王位上的美面前
我敬慕地俯首。

柳树女人

你苍白的脸和黑发，
一轮云遮之月
充满我梦幻的所有天空。

呵，你那纤纤垂柳之躯，
你那绿色的眼睛，
闪光的柳叶——

月光石，乌木，绿宝石……

你可爱的双脚，
纤细之根
植于我心中。

情歌

你那出没不定的面庞之美
用渴望美化我的夜晚。

我把恳求的双手
越过山谷伸向你。

我的黎明被你那
幽暗的头发暗淡。

你是火炬
镶嵌在我悲哀的深渊边缘。

巫术

那曾经带来凉爽之梦
和休息的睡眠
如今是一条幽灵出没的河，那里
莲花是黄昏时风扫之岸上被扭曲的树。

我曾经遥想月亮是一粒珍珠
悬垂在天空的耳朵上。
如今它是一个穿着纱丽
背对着我的女人。

我曾经醒来听见众鸟之歌。
但如今我听见笛子的哀诉，
那是一只无声的天鹅的
临终之歌。

哦，你为何迷惑了我的夜晚和黎明？

《星期日是乱伦之日》(1960)

Sunday Is a Day of Incest

夜歌

黑暗的玫瑰在我的手中开放。
沙之声唤醒我的耳朵。
我的指尖长着树叶
生苔的鹅卵石安卧在我的衣袖中。

夜晚高大，群星在我的头上
把头发垂入环绕我床铺的河流。
一棵树慢慢长大，高高地伸展
对天空猛掷大群大群的鸟儿。

风景中的人物

他双手各握着一朵花而来，
意识不到尊严，
穿过齐膝深的草丛。

我们看见他经过
我们所有冷漠的严肃
如涓涓细沙流离我们。

他从大海走到陆地，
从水的无垠
走到两座山丘之间的

狭窄关隘。最后
我们的怀疑
被消除，我们敬畏地

站起，感到惊诧
同时他的脚步从大地
响彻天空，反向的雷声。

岩石爆裂而开，
树木歌唱，
从下面深处

布洛克诗选

037

大地让一根高大的
歌之茎屹立，
它的花朵就是词语。

室内乐

帘幕中
一只鸟儿振翅
用白银的黎明
扫过房间。

水的旋形曲线
迸发出火星
升起，铺展，深深
沉入睡眠的洞穴。

地面喃喃低语
树木充满歌声
一簇
水的火星

冲过
一面因为彩虹
和梦幻的花瓶
而暗淡的屏风。

圆圈完成。
音波
触及
沉默的石头。

摇曳
后退
动荡
停留。

相遇之梦

相遇之梦
是树枝上的一个结
树叶是它的天使
疲劳之词是它的歌。

肮脏的影子把白日分割成两半。
征服的两半
必须接受失败
或者永远在爱情的柴薪之火中燃烧。

太阳夸耀其伟大
月亮具有其怜悯的符号
但日月都没恢复
血的王权。

眼睛熟识靶子
手自有其隐匿的方式
然而心在梦幻化为尘土后
收获其成果。

就这样，失落于阴影中间
我们筑起一幢我们希望的房子。
就这样，穿着河流的外衣
我们成为一天的芦苇。

哀悼

沉默的低语声音高于
你的心
一只握在我的
手中
或者在绿叶间
振翅的鸟儿。

水像时间一样滴答作响
穿过回声的复叶而舔食它的路
一张颤动的虚无之网
绷紧于两道冰冷的钢弧之间——

昨天和明天。

没有时间去知道：
希望被捕获
罗网如花边一般展开
无形
但再也没有什么穿过。

我们的日子是回声
如同一根冰棍
突然断裂：
我询问

仅仅是为了把握住
这珠宝般的
易脆的
时刻，心灵，鸟儿，曾经牢固的
黎明的
冰冷碎片。

星期日是乱伦之日

1

我的房间黑暗。
树叶遮掩窗口。
硕大的树叶如绿色的手
遮住房子的眼睛。

一条河在我的地毯下流动，
一条血色的深河。
她的名字是米尔德里德。
她的腿遇到道路交叉之处。
道路仅仅在
偶数的日子里交叉。

我的救星耶稣
祝福你的部族增长。
抱歉，孩子，
星期日是乱伦之日。

2

悲伤的小丑在早晨呼唤我。
让橱柜敞开：
我们将把骷髅放在阁楼上。

我那三条腿的朋友，
从你的打开的窗口
摇荡一个长长的影子。

穿过耗子们的收获
把我轻轻掸走。
早晨在这里，
让它导致相遇——
树木为了犯罪而太近，
光芒为了窃贼而太浓，
老亚当的花园隐藏在
一束树叶后面。

鸟儿与火苗

你闪忽，黯黑的火苗，在我遥远的地平线上。
显示出我感到你的火焰中没有恶，
没有被遮蔽的和声妨碍我向上插入，
也没有悲哀的混乱肢解我的旗帜。

我高声呱呱叫，呼唤，叫喊你的名字。
我的鸟喙咔嗒作响，我的爪子赤裸。
我伸展双翅，横越空荡荡的空间
遭遇在空中飘漩的黑烟。

高升，被风吹得倾斜
我平衡，等待，努力急速下坠。
那用罗网捕捉我的漩动的火花
把我拖向穿着那发光的柩衣的你。

唱给沙的歌

海水触摸我的脚趾。
一只蛙跳得更高。
棕榈树挠得天空的后背发痒。
着陆即观察。
看见即热爱。
谁的手?
一只雇佣的手伸得更低。

看吧:一个阁楼。
一颗雅典之星
伸出手指。
让门微开着。
慢慢进入。
手指先入。
没有亲吻。

沙是我的姐妹。

催促

让沙粒滑落，骨灰瓮打开
把叶子带给唇，眼睛带给树。
撕开河流的根。
把山丘举起来，扯脱其铰链。
隐藏泥土。在天上留下一个洞孔。
阻止白日破晓。
把夜晚关在山洞里。
向第一个旅行者询问通向虚无之处的路。
夺取这个市镇，转动它，
直到栅门向后打开。

夜的五个名字

秋日的天空在爱的手中
折磨眼睛的移动的图案。

被反射的白昼的儿童
制定空气的悲剧性骚动。

回忆的起皱的叶片
掩饰舞蹈之光的通行。

水之马和钢之鱼
稳定退却与等待的海洋。

插入的五只手，夜的五个名字
恢复平衡，选择欲望。

戴在树上的早晨之冠
延伸黎明的皮肤及其头发的绳索。

《并不以阿门开始的世界》(1963)

World without Beginning Amen

进入这种黑暗

进入这种黑暗。
触摸岩石和叹息的叠痕。
照亮穿过寒冷的瀑布之路。
那滚落时
滴答如雨点的起皱的种子
显露出岩石下面
鸦喙般的鳗鱼之巢。

这里有一幢新房子
和一件没穿过的衣服。
手上的戒指空荡荡的,
手指的皮肤复原。
一个持久的
苹果般胸脯的鸟儿之巢
栖息在
空窗旁的树上。

薄雾的房子
煤渣的厅堂
明天的希望
空寂之夜的地狱——
凭借黑暗的这四个预兆
我抵押针和针眼。

融化之石

那放在你头发周围的闪忽之火上的手
仅仅握着一块融化之石。
火焰释放的化石之鱼
游向一片被想起的盐海——
泪，血，乳头或者汗——
一片追忆的海洋，深不可测
用死去的船体和生锈的铁
威胁被月亮吸动的大脑的顺流和逆流。

鸟族三重唱

早晨之鸟
搓捻一根你的歌声之绳，
系成一个绞索
悬晃在我窗外的树上。

摇晃于苏醒的风里，
你的爪子举起，
张开你的嘴喙言语
那裹在羽毛中的话语。

正午之鸟
你的歌声是一朵火苗，
烧尽所有
花朵的目光。

夜晚之鸟
你的歌声是水，
用一轮流质的月亮
淹没整个大地。

鸟族三重唱——
死亡、火苗、水——
结合又旋转
生成的唱碟。

翅膀接着翅膀
围绕一切。

夜晚是一只死鸟

夜晚是一只死鸟，翅膀沾着血。
你的目光在乳汁中游动。
影子是打结的绳索。
一只垂死的鹰吟唱死亡之歌。

翠绿色的河带着橘黄色头发
把它的路缠绕在风扫的睡椅上
在那里，死树以一个角度倾向欲望。

生命的呼吸的悲哀窒息
被喉咙中的一个结缠住。

停止的刺戳
在它的雨中带来死亡
和埋在羽毛下面的一夜。

时间之镜裂纹

黄昏等待，它的裸手抵抗
夜晚的旋转之轮的威胁
旋转在其玻璃绳索上的郁金香。

燃烧的天使站在白日之端
手指指向渐渐隐退的星星。

其间流动的夜晚是一条懒懒的河
在碾压的黑暗中转动水磨。
旋转的郁金香垂落花瓣
移动之际，顺流漂下，腐朽。

燃烧的天使开锁
让水滑入闸门。

水丧失，白日淹死，空手的
黄昏被它悬垂的头发隐藏。

时间之镜裂纹
水，如同它面庞上的蛛网一样飘扬。

眼睛垂怜

疼痛的眼睛凝视那裸墙，那裸墙
分离的心如同无籽的果实裂开——
一条在肉体的长袍上颤抖的裂缝。

水井幽暗，树叶拒绝白昼。
早晨外向的预兆是一首歌。
鸟儿的喉咙是一条进入夜晚的隧道。

时间之喙轻叩水晶球。
眼睛垂怜，同时水溢洒其视野。
长袍隐藏，让手无法把握——

黄金厅堂中的一杯水，
霉菌的爬行中的屠宰的笑剧。

一切都终结于此

这是秋天。
树叶在我的心中飘落，
褐色树叶
携带着蜗牛们
以胆汁的痕迹
写下的苦涩的字。

小提琴的音符
啜泣，拉着
我的心出发
走上遥远的旅程。

小船在绿水上摇荡
腐朽的气味浓重。
水编织一面仁慈的帘幕
遮住眼睛
避开分离的情景。

一切都终结于此——你的手
离开我的手。

双重性

我嘴里的两个嗓音——
绿与黑。
我头上的两只眼睛——
箭矢之的。
我眼睛的两片眼睑——
灯与星。
我颅骨中的两只鸟——
鹰与麻雀。
我十字架上的两根钉子——
远与近。
通往赎救的两条路——
长袍或刑架。

穿越眼睛的森林

无花的茎梗
穿越眼睛的森林。

石路上
脚行一小时就疲惫两天。

水
在迈步中夺取桥梁。

从一首诗诞生前的空白时刻中
一股黑色胆汁流绕玻璃宫殿。

视线被禁闭在眼睛的塔楼内
被囚的睡者看见河流的下侧。

燃烧的灌木丛

如今，燃烧的灌木丛为了显示
它那受惊的心和雪的长鞭而分开。
赤裸的黑暗依偎在它那火的子宫中
形成一个环绕其内心柴火的圆圈。

溶化，古代仪式的缄默的目击者，
对着夜的死者，与早晨手握着手。
轻快向前滑动，抑制回顾，
别让刺藜瓦解你渴望的恍惚。

颓败之地

树叶暗淡
被荫蔽的墙，
城堡大门
在一股带着
雪兆的风中
摇曳着敞开。

旧墙崩溃，
空空的庭院，
一角的水井
窒息于一处
千年废墟。

月光冰冷的刀锋
划过死者
和垂死的树
如今在那树上
没有鸟儿筑巢。

扭曲然而优雅，
柳树投出
叶片的斗篷，
对风和月亮
招展其赤裸。

在地下某处
某个生命仍在移动，
或许是老鼠，
鼹鼠或蛇
在巢穴中扭动于
石头和树根间。

喷泉的滴水
如女人的眼泪，
枯叶的低语
如丝绸的沙沙声，
充满这被人
遗忘之地的空寂。

身份

铁锈在我的头上
铃铛在我的脚上
花在我的眼里
还有适于手指的火苗。

我是谁?
不是谁的兄弟。
我是谁?
不是谁的国王。
我将成为谁?
我自己而非他人。

我的耳朵对着风
我的脚在火焰中
我的肋骨是一个鸟笼
我的心是一支箭矢。

我为什么存在?
因为明天。
我为什么曾经存在?
"因为"不是回答。
我为什么会存在下去?
因为我啜饮悲伤。

逆流之河

河流回转，流向它的起源之处，
当它经过，水流弯曲，低语，
沼泽之鸟唱出一曲七个音符之歌，
它们的红眼睛反映出那奔涌的水流。

浮在水边的绿色黏液
把手指锁在照耀招摇的草丛中，
细枝和粗枝聚在岸边，
沮丧，被这逆流之河迷惑。

所有流水都不是自己的外貌：
所有变节的水流都对一声诅咒作答。

《野性的黑暗》(1969)

A Savage Darkness

绿雾

我的笔徘徊于纸张上
画出一棵巨树的轮廓，
一个悬在空间里的绿色玻璃球，
一只绿眼睛
含着深深的轻蔑
凝视宇宙。

绿雾给群星罩上面纱——
无数镀金的乳头。

梦见树叶

梦见树叶
我让我的梦幻
在遥远的浅灰色之墙
围住的空寂中
沙沙作响

死鸟的悲哀
侵入我那被翅膀
和深红色的飞翔
开启的大脑

燧石上的丝绸拖鞋
暴露一只被燃烧的玻璃
烧焦的流血之脚

缓慢的大火让我们赤裸
像云朵变得透明又消失

树木正无望地
爱上自己的影子

我的手在纸上点燃火炬
焚烧你遥远的思维

回忆

回忆的戴着面具的脸
招我去你花园的水域中游泳
那里，白鸽死于蒺藜间
红百合入侵沉寂的领地

钉在每棵树上的手
对分离的情侣挥别
无头的园丁
用沥青浇灌花朵

墙外
饥饿的人群贪婪地
等待每日废物的分发

当风琴音乐
伴随蜜蜂狂乱的交媾

埋藏的财宝就乞求被发现
如人类头发从土壤中发芽

夜晚躺在我们身边

夜晚躺在我们身边
一只硕大的黑狗
它的头长在它的爪上。

它的眼睛燃烧的煤
焚烧床铺。
小丑极度痛苦地大喊,
在火焰的
河流上被扫走。

长长的窗帘拒绝摇动——
一个高大的基督在窗户的十字架上
受难,把我们
从街灯里赎回。

你回忆月亮是在天空之树上
散发出蛇的芳馨的苹果时
我作出的诺言。

当这只狗移动
树叶就从天花板上飘落。

清晨的诗

黑暗把头发拧成一个结，
悬在橡上
手里握着一只苹果。

众鸟射出歌声的箭矢，
劈开苹果
把它的种子撒在地上。

无数早晨的虫子衔住种子，
一度将它们举向太阳，
然后又将其埋葬在草丛下。

十二天使

十二个黑色天使在一根漂流的粗枝上——
在它们走向大海和溶解之际
它们燃烧的翅膀
在悬垂的树叶下振动，
飘扬的丝绸之扇
为了吓走魔鬼
而敲响生锈的铁罐。

天使们将会迷失，不再回到
河上长满树林的岛屿。
漂流的粗枝将腐朽于它们脚下，
蛟蟒将显身，又绝望地游向岸边。
然而十二天使将沿着一条
朝向底部的轨迹继续走向大海。
它们肉体将离开它们，楔入沙滩，
它们的骨头将成为
一个衰落时代的纪念碑。

十二天使将被记住
仅仅是作为照亮两岸间的道路的灯盏。

无声的女人

在无人行道的街上
伫立着一幢无门的房子。
在这幢无门的房子里
居住着无声的女人。
看不见，听不着，无声的女人
默默地等待那将要到来的人。
在他到来的时候
这些女人将白发苍苍
他会认不出她们
还会离开，
把她们留给那并不存在的人
去默默地等待于
无门的房子里，
无人行道的街上，
让她们无声如初。

奇迹

寂静的洞穴里
水的面纱后面
一个奇迹在等待被一只
握着花朵的手创造。

河流两岸的蕨草
头发上系着绿色丝带。
水底的鹅卵石
雕刻着面庞。

芦苇丛中的一只手
把一颗星星投入水中。
那洞穴中的奇迹
在一束强光中爆炸。

隆隆雷声滚下山谷
在树林间回响。

黑暗和岛屿

黑暗流动如一条河。
一只银色小手用碎玻璃的叮当声
来抵抗它的进程。
紫铜色的浆果
从枝头坠落
把紫色条纹
溅在岸上。
这条河以环形流动。
岛屿缠在绞索中
吐出一棵核桃树
如发出一声痛苦的叫喊。

被囚之河

鼓的雷霆之声
从古老的睡眠中
唤醒山谷。
水井颤抖
水变成乳汁。
众鸟坠树
死去。
风
撩起草的裙裾
对着天空
扔石头。
鼓隆隆作响，
岩石之墙裂开
释放出
被囚之河。

如果我想过它会来临

如果我想过它会来临
我就会移到下一间屋子里

眼睛遍布墙上
但无人观看它们

我为什么欠你这么多
你为什么把它带走了

如果眼睛闭上
橡中之鸟就会张开嘴喙

一曲白色之歌就会在天花板上盛开
戴绿帽子的人就会把它装在篮子里带走

但你从我的花园里采了花
泥土在抱怨啜泣

树木倒下的声音抹去你的嗓音
你讲着的话语边缘发黑

这样我将永不会知道鱼叉击中何处
鲸鱼有一个二十二个字母的随意之名

如果我想过它会来临
我就会移到下一间屋子里

情诗

房间空寂，等待着你
捧着水进入

在你绿色百合的眼里
鱼儿迸出火花

温室远离
树叶在写作爱的艺术之书

你的头发飘入
像门下面的薄雾

我赤脚而行
在我的脚心上发现对你的记忆

当你撒播水
树木就从地板下面苗发而出

蔚蓝色的鸟
在它们的枝条上筑巢

掀动门铃还为时太早
但它的水晶侧翼已经在颤动

当我拉动丝绸之绳
这房子就将会升空飞走

我将被留下来等待你
捧满水而来

对诗的记忆

我从空气中画出对鸟的记忆。
我从土地中画出对树的记忆。
从鸟的记忆
和树的记忆中
我形成对诗的记忆
它轻于空气
而且无风就飘去。

我的话与蜗牛

当我来到林边
我所说的话
被记录在一只活着的
蜗牛的壳上
它无休止地围绕树林
在我的话述说一个故事之际
留下一条黏液的痕迹
去述说另一个故事。

这只蜗牛死去时
它的壳裂开
我的话与它的黏液的痕迹
相融在一起。

至于我
我依然在这里的树林里。

一条河生与死的两天

1

缀满树叶的黑色河流
缓缓移动
围绕岛屿，那里，死者们
等待被唤醒于明天，
无叶的柳树在低语的水中
悬晃着秃枝，好像它在
把失去的消息传递给虚无的人，
传递给空寂的天空
传递给在河底
躁动的泥淖。

船，摇荡在你的系泊处，
塔，升起你的旗帜，提醒我们
那反映在动荡的
水面上的群星
是众鸟从你寂寞的
塔楼中偷来的灯盏。

这艘在沙沙作响的芦苇丛中摇荡的小船
在木桨与滑车之间运载一颗心灵。
这颗被悲哀的黑水冲洗的心灵
在其隐匿的中心仍有热血燃烧。

它裹在枯叶中
缠在钩和线上
从一个长满青草的石墩上
悬晃了好几个世纪。

水鸟们从沼泽，从河中的岛屿，
把这颗心灵驮向远方的花园，
把它置之于雪松旁的树针之床上，
让花朵观看
如新的太阳温暖它，
教它飞翔
因此它在早晨
才可能起飞
飞向一个遥远的国度——

一个河流发黄
小船在黄昏的
薄雾中摇荡着
纸灯笼的国度。

2

河流，两度流绕岛屿，
用你的指头触摸
环绕河岸的石墙，
让你的鱼拱动
其间的罅隙，
寻找坠入你的水流的宝石。

那里有一粒红宝石
闪烁着燃烧的红意；

那里有一粒绿宝石
绿得像你招摇的芦苇。
如今它们失落地
深深躺在你的泥淖之床上，
它们的火焰熄灭，
却非永远熄灭——
仅仅直到阳光
再度点燃它们。

3

归来吧，鸟儿，
柳树在等待。
自你离去之日起
它的枝条就空空如也。
它悲哀地
探向水面，
寻找你从天空
回家的反影。
天空是一片
辽阔的水域：
如果没有树枝漂来
鸟儿就会淹死。

4

黑色的河流，你的岛屿
和你的树木都空空如也。
你的鱼起飞
你的鸟儿潜水。
你小船上的心灵
摇荡自己入睡。
然而当早晨来临

它将会高飞，让你
独自旅行
到一个遥远的国度。

夜晚降临在
风的呜咽声中
雾霭给河流
悲哀的脸罩上面纱。

5

我在这个早晨醒来，河流已干涸，
黑泥如同被錾子刻凿的岩石，
黑色蜗牛爬动，寻找水
鱼儿挺直地躺在石头的临终之床上。

船斜向一边，等待成为柴火，
心灵是干燥之索上的萎缩的海星，
没有翅膀，失落于远方的花园，
根本没有飞到那河流发黄
灯笼发光的
遥远的国度。

岛屿正慢慢化为尘土
树木在崩溃、倾斜又倒下
平躺在它们倒坠的无水的泥淖之处。

这是打结的风围绕着
吹拂这垂死之岛的早晨。

宝石在那里，但毫无光泽——
扔向一只猫的满是灰尘的鹅卵石。

在道路的转折处

在道路的转折处
你手持一朵红花而等待。
树木向你倾身
树枝上的鸟儿
拨弄着你的头发。

当我走向你
一堵水织的墙
从路边的湖中升起
置于
我们之间。

我驻足。鸟儿松开你的头发
飞到天上。
水的薄膜破裂
我穿过裂口
走向你。

我临近之际
你在树端中间
在那群鸟儿的
护送下
缓缓升空。

当我站着凝视
你消失的身影被一轮
野性的太阳描上深红轮廓
我那铅重的双脚
把我束缚在土地上。

晨景

　　清晨，山峦如一头巨兽的背脊，左右转动着穿越地平线。在山边
摆弄姿势的树木，等待降临到山谷中，用它们相缠的根去拦截河流。
每块石头都是冲破土壤的拳头，多结的指节因为青苔和被草丛闷抑的
威胁而软化。徘徊之河召唤其蛇类；林沼应召而来之际沸腾。到处都
是榛实，具有女巫之血的体液，穿戴着蜘蛛的花边。太阳悬晃，一只
缠在橡树枝中间的失落的玩偶。

深壑

当风在裸树中间嚎叫，当河流的手指松开岩石又拉扯招摇的水草，一条带着肉体大圆石的深壑之深度，就诱惑人进入。

深红的黑暗在隆起的天鹅绒风景上发光。

水的皮肤被芦苇刺破。

散乱的石头随反射的火而发光。鸟眼在粗枝间闪亮。

闪电用沾满血的鞭子抽击天空和大地。

在深壑扩宽又吞没树木之际，山谷的黑暗的疯狂随着种子迅速繁殖。

早晨时刻

　　早晨时刻。神秘。黑色的手击打着窗玻璃，树枝在屋顶上轻叩。醒是一种风险。睡是一种犯罪。池水随一千只青蛙的躁动而摇荡。夜晚是一面在天空中拍动的黑旗，被慢慢拉起来，为白昼开路。

　　手在床单之间爬行，如同群鼠爬向自己的洞穴。因为岁月绷紧的砖块和木材的隐匿性运动，墙壁产生裂纹。黑暗的碎片悬晃于屋檐下，在晨风中摇曳。

《黑色的翅膀，白色的死者》(1978)

Black Wings White Dead

黑暗中的旅程

坚硬的黑暗
如一件
钢筋斗篷裹住我

只有在它的织物
瞬间裂缝时
我才移动

连根拔起的野草
乱扔在远远的
前路上

它的目的地
被环绕在
火红色之中

如果这钢筋裂缝
我就会在那里的
两片火苗之间及时通过

我的遗嘱

一只眼睛如同蜘蛛
急速跑过这张纸
我正在上面写着我的遗嘱
把我世间的所有财产
都永远留给
我的幽灵

烟柱与天空

从垂死的烟囱上
烟柱升到一棵松树的高度
分开
形成两只手
攫取天空蔚蓝的果实
并握住它
直到下面的火焰熄灭

黄色回音

从声音那长长的黑色走廊
唯一的黄色回音
朝着灯盏加速而来

它经过时，我将它捕住
囚禁在玻璃缸里

它在里面闪烁又闪烁
慢慢融化玻璃

然后带着
难以承受的强度鸣响而出

瑞金它充满我的房子
渗透每个角落
让寂静的黑暗无处藏身

黑羽毛

一阵黑羽毛的雨点
洒落在我的花园
突然折断郁金香
窒息草丛

池塘中的水
变黑
鱼儿浮起
如同烧完的余烬

羽毛的雨点
洒落又洒落
直到房子被掩埋在
没有鸟体的羽翼下面

黑色的翅膀，白色的死者

遥远之鸟
拍动黑色的翅膀
围绕世界的曲线
飞向我
我藏在这里
藏在那从白色的死者
滋养的土壤中
生长出来的黑树后面

显著的玫瑰

显著的玫瑰
印在时间的黏土上
当白昼在积雪中熄灭
留下恶化的符号

一个红色创口
小船一般浮在黑河上
在自己的黑色皮肤上移动

一只血的风筝
旋转在雨水打上条纹的空中
悬晃在透明之线上

显著的玫瑰
被撕裂于我的手掌上

白日的终结

白日的终结时
黄昏在双腿之间
夹着尾巴溜走
就在树林那边
听见夜晚吠叫

房子在我们思想的
陈腐之物中窝藏我们大家
一条链子
在沉重的黑暗中
柔和地嘎嘎作响

我们的衣领摩擦——
我们梦见开阔地

黄昏

一台垂死于黄昏的
风琴的音符
爬向我
鬼祟而行的老鼠
拖曳着回声
如同尘埃中的长尾巴。

空寂的风景
等待着
被从天而降的
光芒之帆充满
而垂死的声音
却投下了一张灰色的网

它以蜘蛛般的抓攫
捕获所有光芒
等待的池塘
没有什么要反映
悲哀地沉入
其泥淖的底座

夜的圆圈
收紧它那绞刑吏的套索

窗口

1

今天云朵飞得
又高又快
我想知道去何处
窗口回答：东方

当云朵搬运着桃金娘细枝
飞进来
你站在窗前
观察着吗？

2

在拥挤的树叶锁闭的窗口里
我看见反映着
一张消失的脸

凝视你的窗口吧
或许
你会看见我的脸

3

光线越过窗玻璃
写着名字

布洛克诗选

它们全是你的名字
树叶移动时
它们全都
在狂奔

4

窗口的垂直之间
两株植物框住了
国王与王后
在外面
枝叶聚集处
有他们忠实的臣民

5

窗玻璃那边
光芒的鱼缸中
树叶之鱼在游动

6

我所有的窗口
都是探看你的
唯一途径

火鸟

从蓝色荒芜和空寂中
一只火鸟飞升
袭击天空

天空让群星流血
下着一场被它自己的利爪
扼杀的天鹅雨

穿过空间坠落
它们的嘴喙
抓住飘浮之叶

叶片的撕裂的脉管悬晃
把液体
滴落在等待的大地垄沟上

一棵徘徊寻找影子的树
把枝条奉献给
一个黑色倾覆的天鹅之巢

沙漠
浇洒着欲望之酸
皱起沙的眉头

而音乐　很低
穿过
所有植物的根而脉动

《黑林中的线条》(1981)

Lines in the Dark Wood

光芒之针

黑林中
我手脚并用
寻找一根光芒之针
用它来缝合我的
黑色的
思想边缘

颠茄

树林
用它的紫影
用它黄色的光纹
幽暗地入侵我们

致命的茄属植物

每棵树后
都有死亡的绿色手指
一个邪恶的园丁
照料着毒草

黑林中的线条

黑林中
土壤上的线条
穿过灌木和荆棘
通往一座蜘蛛统治的
坍塌的棚屋

只有蜘蛛网
支撑着墙壁
无形的脚
搅动尘埃
来自另一个世界的嗓音
掠过我们的耳朵
凉凉的手指
触摸我们颤抖的皮肤

当我们逃逸
拥抱我们的刺藜
用我们的血依然温暖
这一认识来安慰我们

然而悬晃在树枝间的
苍白的太阳
是缢死者的面庞
他的头发在树叶间沙沙作响

驴蹄草

驴蹄草
在池塘边
震惊地注目
自己的反影

那些红眼睛
那些外貌放纵的纠缠发卷
那些堕落的预兆
从何而来?

水波幽暗
倾身的树
在驴蹄草头上
嘲弄地低语

驴蹄草
随一次眼色
相互转换
它们的根

相互缠绕
随沉默的笑声颤抖
它们把禁锢的欢乐

赋予自己

每一刻都更接近于
类似它们的反影

面庞

黝黑的树叶间
你的三个面庞
在枝条之间轻飞
编织一张光芒之网

我被迷惑，寻找安慰
在流过的小溪里
观察自己的反影

卷曲的水
扔回一张面庞
我不知是我的

黝黑的树叶
在一场缓雨中
开始了飘落

你的面庞飘起来
飘出视线

我的面庞被埋在
浮动的树叶下面

我没有面庞而徘徊
在如今无叶之树中间

你的名字

树叶间
你的名字的低语
招致昆虫的袭击
和雨的冰冷的刀子

一声叹息再次回响
树皮下面
细小的生命躁动
在黑暗中蠕动

欧洲蕨弯曲
压碎的草企图站起
小船摇晃
河流在逃逸中停顿

你的名字又一次
在流质的空气中漩动
我握住一根
发出琐碎的咒语的魔杖

你穿过水回归
歇落在翅膀的柴堆上
你烧透一个

颤动的黑星的夜晚

你振动的双手
拥抱跳跃的树

黑天鹅

她的羽衣在冬天的阳光中闪烁
这黑天鹅飞向南方
白雪上空的一支黑箭
发自一张心形的弓

穿过空气哼唱
她飞翔的音乐
固定那鸣响着哀悼音符的冰柱

在空气的洁白中
她的飞翔是一个黑色伤口

园中之鸟

白热的寂静中
一只鸟儿
隐藏在树叶间
低语着
一条紧急的消息

我拉长耳朵
去领悟它的意义
而一股柔风
却突然升起
用沙沙声注满耳朵

当风渐渐消失
那只鸟儿
鸣啭着
空洞的无聊之语
对我毫无意义

一种枯萎病
暗淡了花园

字母和词语

一个字母飞掠我的窗口
寻找它的词语
那词语埋在我的花园里
听不见字母的声音

如果我用死人的骨头
把它写在我的墙上
它就会烧透砖块和灰泥
飞返回家

那里，字母和词语将在一阵火焰中结合
在黑色煤烟里留下一个名字的轮廓

夏园

这里，在被太阳多彩的飘带
温暖的树叶和花朵中间
我想起旧墙和熏衣草

笛子梦幻般的音符
在我与遥远的交通声之间
形成一面帘幕

茧一般裹在这狭小的乐园里
我构筑
船和盐的形象

桂竹香在我的眼睛后生长
天竺葵在我的头发中生长
绣球花在我的指尖上开放

一只蜜蜂的哼唱
穿过我的
念头织成的项链

一串琥珀珠子
在阳光下闪发黄色微光

秋园

冷空气里，树叶摇摆在
一股穿针而过的风中
匕首尖的枝条
扭动

开槽的树皮沸腾于
这一年生命最后的闪忽
和蜘蛛网
为可怕的吞没而竖立的
破碎的纪念碑

灰发的八仙花
垂死于茎梗上
点动它们在
灰色大理石上的头颅
被埋葬的
巨人颅骨

孤独的花园
那依然的青草
记得消失的脚

叶影

给苏珊娜

墙上，一片叶影图案
一个跳舞的纤细身影
一个很遥远的小女孩
拍手又呼唤
孤独爬进我的心
日光成为白色的空寂
没有温暖
我的脚拖曳于它们的根
渴望离开
叶影闪忽又跳舞
呼唤的细微嗓音
遮蔽所有别的声音
我倒伏于
沉寂
空白
和那呼唤的细微
嗓音

叶影继续
在我的墙上
跳舞

三棵树

湖畔的树
从石头中汲取生命
山顶的树
从埋葬的骨头中汲取体液
而我们房子墙边的树
靠我们的叹息而生活
在我们其中之一死去时
将茁发出新叶

冬天的正午

你把太阳
如一枚戒指戴在手指上
当你抬手
世界就明亮起来

从多叶的植物中间
鱼儿游进我们的嘴唇
鸟儿穿过玻璃飞进来
给我们的餐桌带来它们的蛋

外面的大海
在沙床上摇荡
小船振动翅膀
试图飞走

太阳在冰上轻拍
它制造的裂纹
形成幸运
和长寿的文字

头上
蓝丝绸的天空沙沙作响

受伤的夜

充满树叶之夜的不祥的沉默
被孤独的痛苦发出的
一声细细的尖叫划开

沉默再度遮盖伤口
而黑暗颤抖着等待
第二次切割

树叶和鸟儿的嗓音
微弱地抗议
那紧握夜晚的
极度痛苦

两片硕大的叶片
遮盖夜的眼睛
以防它们
看见第二个伤口

秋天

1

夏天结束了，皮肤下面的云
开始爬进雾霭充斥的脑海

眼睛后面的雨挡开外面的世界
心灵沿着灰色长河被冲走

唯有窗外依然葱绿的树叶
为失事的自我提供一只锚

2

另一面雨帘
又一个坠落声投下
下悬的树叶
群山消失在雾霭后面
雨的黑暗侵入房间
我的思想在影子中淹死
就像我观察这一年
沉没于波浪下面

在绝望中寻找安慰
多么诱人

多么诱人

3

清晨，在我房间的黑暗中
我的思想到处游动
寻找一条通往
玻璃那边的光芒的出路

窗户框住一棵树
树的红叶与黄叶
如同被捕获的鱼
悬挂在枝条之竿上

群山
巨浪
在远方翻涌

4

在这些宁静的秋日
鸟儿在火焰之叶中间如此频繁地着火
把燃屑坠在等待的草丛上

褐色蘑菇发芽
如它们头颅边的墓碑

5

大海在我的面前伸展
一块冻结之雾的地毯
我的思想在那上面走出来
每一步都滑倒

远岸上
一座森林覆盖的山
一只生病的刺猬
迎着雨而躬起身子

树叶飘落
如同奄奄一息的鸟

10 月于温哥华英吉利湾

死亡

死亡是一个黑色女人
穿着一件长长的黑礼服
我拥抱她
寻求湮没的幸福
然而她的剑指着另一条路
我注定了要忍受
悬晃在
一座空坟上的空间里面

雨中巴黎

巴黎的面孔
隐藏在雨的蛛网后面
她的笑容缠着结
像一只被捕的苍蝇
我们徒劳地
等待她的嘴唇去刺破面纱
贪吃的云朵
咬掉了那可以撩起
这张帘幕的手指
巴黎的嘴唇在它后面
用沉默的嗓音说话

《献给朱迪的双轮马车》(1982)
Quadriga for Judy

献给朱迪的双轮马车

套上词语的马车
我的四匹马
朝遥远的国度疾驰
你的名字写在那里的
一面蓝色光芒的旗帜上
从一座清真寺的塔尖
这面旗帜招展，两只鸽子栖息在
那白色大理石的孪生圆顶上

金发的奥菲丽娅

金发的奥菲丽娅
沿着一条幽暗之河漂走
消失在低语的芦苇间
那黑色的雾霭中

唯有她的头发留下
一条光芒的银河
淹死在
一片黑水的天空上

十字架上的苦难

树叶飘落
枯萎的树
伫立如被苍蝇
谋杀的蜘蛛

我的脚跟踏上钉子
沿着长长的走廊
走向一间
你坐着的黑屋

你坐在玻璃王位上
用一根大理石棍
执行正义

钉在你高大的十字架上
我渴望上升到
诱人的天空之中

阴影

玫瑰在雪里流血至死
鸟儿坠落
被冰箭射穿

你的眼睛闪烁着
空寂的空间的
蓝色光芒

我空空的双手
回到衣袖中
抓攫着

阴影

你的嗓音

你的嗓音带着玫瑰的芬芳而至
湖泊中青青芦苇的瑟瑟声
那滑过苔封的岩石上的瀑布的湖泊
在一处因鸟儿活跃的黑林中心

当天空用半透明的蓝眼睛俯视
我的水晶之泪就反射着阳光
你的嗓音一次次回荡
在夏天的花朵和叶片中间

离

一股白色的风把我扫走
城市在我下面沉陷到视野之外
桦树用因光芒而活跃的
白银叶片而挥别
我沉寂的泪反映着叶片
呈现出银亮

插在天鹅绒鞘中的刀子

金发的奥菲丽娅走在
花朵燃烧的花园中
每一步都有火花落下
给她行走的小径打上斑点

上升的烟雾
沉重于死亡的氤氲
她的脚步下面
草丛不屈而立

当她在玫瑰上面滑行
刺藜在她的脚心上写作
给一个死去的诗人的诗
他手持一把刀子而等待

插在天鹅绒鞘中的刀子
如同牡鹿的茸角

灯盏

灯盏在城市上空盛开
岩石间的春花
你蓝宝石的眼睛
对着天空的丝绒发亮
傍晚的微风已拍着
苍白的透明之翼飞逝而过
携带着你那低语着
我的名字的嗓音

金发的奥菲丽娅藏在

金发的奥菲丽娅藏在
树叶之帘后面
它们闪忽的影子
穿过我那横越
四千英里而凝视的眼睛
仅仅看见一种黄金的暗示
一种蓝宝石的闪亮
一根在微风中摇曳的
高大芦苇的运动

沉默

越过远距离
沉默之声
用冷冷的手指触摸我

一丝颤抖震撼我的背脊
小小的匕首
横越我的皮肤

沉默降临
如丰富的雨
淹溺我转暗的思维

一个黑影
坠落在万物上面

空寂用扭曲的手围绕我
我空洞的大脑
回响着无穷的铙钹声

荒凉之花的石楠之地
朝着一片把盐蒸馏出
淹死者之眼的大海延伸

这片空缺的风景上
一群黑鸟
以十字架形状飞翔

旧书

当我查阅旧书
那些白发苍苍的字眼
就孤独凄凉地
沿着我思维的小径徘徊
在层层枯叶下面
探寻自己的脚印

幽灵在荆棘丛中起身
召唤，消失在
不可逾越的密丛中
一堵崩溃的墙壁
一根倾斜的门柱
一片黑色的土壤
显示出一幢消失的房舍的位置

字眼
渐渐消失在
布满犹如淹死者尸体的
漂浮之影的雾霭中

旧书长着诱惑的舌头

水中的刀

站在河边
刀在手中
我把刀尖慢慢垂下
直到它触及水面

丝绸般的水面
一条细细的血流
随着水流而逸出
逶迤着红色细丝

当水结冰
这伤口才会愈合

梦者

梦者行走在
他那被烟囱迷惑的
灵魂之水上
永远开启的门
退入他的颅骨
向外凝视
那在一根玻璃棍上
旋转的世界

太远，他想太远
宽慰地坠入
一个极乐之梦

树叶之豹

我的肋骨后面
我的心是一只生病的豹
在它的笼中踱步

外面的树叶闪忽不定
苍白的手指
在召唤示意

这只豹踱步
它的黑色毛皮后面
它的心生着病

树叶低语
抚摸那诱人
进入虚处的栏条

在那里树叶与豹融合
我的心在它的骨笼中枯萎

《雨的囚徒》(1983)

Prisoner of the Rain

雨的囚徒

　　为无休止的雨滴声所抚哄，我陷入一片灰白的恍惚，一只银色小船载着我，沿着骨桥下奥菲丽娅的那条芦苇镶边的河流，穿过蜘蛛编织的悬垂之网漂流。低声从岸上的雾霭中漂过，在不舍的河流上空，当相异的词语隐退到空寂的寒意中，它们对我失去了意义。我的船骨下面，鱼儿肯定在移动，看不见，无忧无虑，却长着利齿，渴望肉体。岸上有树，我却徒劳等着倾听鸟语。面对那穿着长尾小鹦鹉羽衣而飞掠的绿色深影的森林，我闭上眼睛，但在这梦中之梦里，寂静依然完整，除了河流发出的低低的淙淙声，在路滑而又永远顺从的河岸之间漫步之际喃喃低语。我的船，无舵也无桨，必须随波逐流。雨滴声把我囚禁在这流动的世界中。

危险

那围绕我颅骨的空洞边缘而回荡的蹄声，穿过一丛被苍白的街灯幽幽点燃的树叶，远远地传来。

那从车体上分离的轮子，沿着鹅卵石铺成的街道驶过，探寻它们婚姻仪式的还原。

从碾碎之夜溢出的半透明液汁在街沟里流动，流向那不愿接收它的撞坏的容器。

那些围绕着废弃的教堂跳舞的影子，被黑暗投掷在破贝壳的地面上。

没有人，至少是寂寞的塔楼中的所有观望者，愿意去阻止这人人可见的危险发生。

窄街

　　一条窄街，窄得让蜘蛛把网从一边牵到了另一边，把一个丁香般灰白的阴影投掷在万物上面。两张空缺的面庞，从这条街两个相对的窗口悲哀地对视。我的足音跫然，忧郁的音乐回响于两扇关闭的门。门后的空屋里，那消失已久的头发中一丝极其微弱的芳馨迟迟不去。

寂静

　　寂静是慷慨的，但它只赠与那些不提问的人。一旦问它，一切都失落了。它容纳着无价的秘密，但它将秘密只赠与那些双手准备好接受，却不要求礼物而等待的人。

　　一个这样的人站在一条瀑布旁，聆听那在水流那边可以听到的寂静。他的头脑注满了湖泊，也注满了那流过他的大脑，把他带到一个很远的美丽的国度的水流，他永远没有从那个国度归来。

　　另一个人则观察被伐倒的树，聆听斧子击伐之间的寂静和树的倒碰声。他的头脑充满了叶簇，在他隐身的叶簇后面，他永远没有从那丛叶簇中显身。

　　寂静是慷慨的，但对于那些不习惯如此慷慨之程度的人，它的礼物具有某些危险。因此，有些人为了不接受而提问。

欧美诗歌典藏

雾

　　平躺在城市上空的雾，犹如一只巨型水母，将触手伸向大海和群山的上空。在这絮结的茧里，我从一个房间移到另一个房间，寻求从窗口闪发出来的某种光亮——那将让人联想到最后逃遁，将保证雾是临时障碍物而非所有路径的永久切割物。没有露出光亮。雾，波浪似的微微翻涌，似乎在应和一个退化生命的缓慢的呼吸或脉动。房子的休息场所内，我感到自己的呼吸越来越微弱，我血液的脉动在减弱，直到几乎停息。我的身份变得模糊不清，与窗上的景色一样模糊。我再也不能确定我的界限。我在房子的每间屋里稀薄而无形地展开吗？要不然我那微弱跳动的心是仅存的现实？我感到我很快就会从门下爬出去，与外面无形的雾融为一体。是谁或什么东西将占据我的空屋呢？

雪

1

　　雪在构筑一个寂静和幽居的白色世界。四周几乎无人，树林正在慢慢消失，只留下高高的雪塔，白雪下面显出几块绿色。人人都即将被围困在自己的居所里面，仅仅通过电话来通讯，如同那源于黑色贝壳的脱离现实的噪音，遥远的虚幻之海的想象的波浪。鸥鸟的叫声继续荡过荒凉的白色世界：失落的灵魂的哀悼恸哭，在悲歌一个消失了的世界。

　　同时，雪继续飘落，飘落到它变得不可能去想象那躺在下面的东西将会再次起身破雪而出。看来这个世界将结束，永远被埋葬在积雪下面。

2

　　雪在树林的黑色底稿上抒写白纸。鸟儿们徒劳地努力重溯消息。飘雪擦去那它们飞扑的字迹。黑色字母在白色屏风后面为生存而搏斗。

秋雨

　　围绕我的房舍，这场秋雨编织了一张浅灰色的蛛网，一个水灵灵的隔绝的透明之茧。你那在黑色贝壳中的嗓音，是我与外部世界的唯一联系。如今那已成为过去，这个茧四周都被封结。或者我在一条海底之船里，潜入如此清澈的水中，仅仅把一张几乎感觉不到的面纱撒在树的叶簇上面？落在金属上的雨滴声，是某种海洋生物在轻轻拍击我的船壳。我等待着要看看有什么东西会游过我的窗口。无论什么都行，目前窗口空白的注视用空寂压倒我。我的脑海里，流水无休止地向前流动又流动，在虚无之处之间流动，水上没有漂浮着什么，水中没有游动着什么。如果我努力，日本花朵就会在深水中张开。它们开花，在水流中拖曳色彩。而雨声暗淡了我的视线，它们消失了，留下空窗和那蒙上灰白的树。细细的秋雨把我彻底包裹在那个透明的茧中。

哲学的晕眩

一个人坐在书桌前,写作一本名为《哲学的晕眩》的书。他像白鼬追猎兔子那样,穿过小猎场的繁殖围场那迷宫似的通道追猎着真理。那兔子似乎一次次被逼在死洞里走投无路。但是当这个人到达尽头,却发现没有兔子——只有一面镜子,好像在风搅动的闪烁的池水里歪曲地反映着他的脸。这个人被自己无休无止而曲折的搜寻所晕眩,他倾下身子,把头歇靠在面前的书桌上。当他抬起头,他的前额从墨汁未干的手稿上印起一个词语——知识。这缩短了的音节,被解释在面对着他的镜中,追忆一个极度痛苦的怀旧的名字——那种怀旧如此强烈,因而扭动他手指间的笔。

蛾之桥

我的思想越过一万里路程飞向你,一群色彩清淡的优美的蛾子,在黑暗中冲撞你的窗玻璃。你会听见它们的声音,放它们进去?或者,你会在早上发现它们死在窗台上,把它们扫起来扔掉?

无论发生什么,它们都会继续飞翔,直到在海洋和陆地上空形成一条振翅的彩虹,我可以跨过那条彩虹走向你,并请求允许进入,手持一束梦幻之花。

沉默的帘幕

我窗外的树林中，黑线织成了一面沉默的帘幕。没有语言从你那里抵达我，就连那源于你头发周围的光环的红光也被距离窒息，也被那漂浮于我们之间的海雾隐匿。

是你的嗓音徘徊迷失于寒冷的海洋上，无法抵达我而被忧郁的海鸟的哀鸣淹没了吗？要不然就是它仍然歇息在你喉咙温暖的巢穴中，不愿出来涉险进入那贪吃的灰白水域上空凄凉的空寂？

这首诗是悬垂到虚处之中，越过敌对威胁的空间，把你的嗓音诱向我的诱饵，要不然就是一座灯塔。如果它迷失而徘徊于雾的森林中间，在遭到永不改变的逆风的拳头击打时，就照亮道路。

同时，树林的黑帘中，鸟儿微微鸣啭，也许在给予我费解的消息，也许在我等待的耳朵拉长来捕捉某种源于你，漂浮在早晨倦怠的空气中的声音时，半真半假地嘲弄它们。

空寂的秋天

　　这个秋天，树叶在一个空寂的庭院中飘落。没有脚步印在那在雨的重量下面倾斜的湿草上面。一辆朝上翻起的手推车，被匍匐植物束缚，无望地躺着——一只甲虫仰卧着，挺直的腿指向那多节而嘎嘎作响的苹果树的黑枝。空寂是一道感触不到的栅栏：我把双手伸在面前走过去。沉寂用一个听不见的声音袭击我的耳朵。腐果的味道苦涩于我的舌苔上。孤寂的绳索捆住视线中的一切。这个秋天，树叶在一个空寂的庭院中飘落。

落叶

　　一切都始于一片树叶的飘落。当那片树叶从枝头飘向大地，宇宙的平衡就移动了。墙上那戒备地注视着发生在周围的事情的眼睛闭上了。这堵墙飞向天空，消失在一片蓬松的白云后。一个建于墙基坍塌的砖块间的蛇穴，现在完全暴露在视野中。那些蛇受惊于这种暴露，也飞升了，吞食很多在飞翔中遭遇的鸟儿。

　　同时，树叶以一种虽然听不见，却回荡所有叮当作响的铙钹的轰鸣或铜锣的隆隆声，撞击到了地面。

　　那坐在一块岩石上凝视下面流水的诗人，被这荒凉的声音笼罩，陷入无法安慰的忧郁。他的悲哀如此深沉，致使他把头连连撞击岩石，直到其颅骨裂开，脑浆迸溅，溢满岩石，流进逝过的河流而夺去自己的生命。

　　他的墓碑上写着这样的碑文："为一片落叶所伤。"

雪夜

　　黑得令人吃惊的天空吐着白雪。船与鸟飘过空气。腐朽的船把断裂的肋骨刺透船板。狗儿呜呜哀鸣，一轮浅绿色的月亮看着它在溶解之镜中的面庞。它被自己的映像所惊骇，躲在一张白帘后面。

　　镜子坠向大地，归歇于池塘的水面。

　　裸树指向四面八方，在一阵雪盲的踟蹰中，导致误期的旅人奔忙于这条路上或那条路上。当树枝断裂并指向泥土，旅人们恐慌地停下，停留在其所在之处。

　　远方黎明的威胁到来之前，受惊的夜就扇动翅膀，匆匆起飞溃逃。

手与鹰

一片宽阔的平原，连绵的水，芦苇簇，在池中悬垂枝条的柳树丛。头上，两只蝴蝶振翅，来回疾冲。

一只手从池塘中升起。手指张合，抓攫着那里并不存在的东西。蝴蝶们围绕这只手而飞翔，迅疾得以至于去形成一个光环的外形。这只手合起，只留下食指向上指点。

在这根手指指向天空的那个地方，一只鹰盘旋着。它垂直落到大地，穿过蝴蝶们形成的光环，啄住那指点的手指，将这只手拖出水面，衔着它飞进天空。

在这只鹰飞翔的顶点，鹰放开手，手坠向大地，它坠落时旋转着，所有的手指都张开。

这只手在草地上着陆，像螃蟹一样急速逃向最近的池塘，消失在深处。

现在蝴蝶们三只一群，急速飞走，像一只精致的车轮旋转，消失在树林和芦苇间。

这宽阔的平原如同极为轻柔的呼吸起伏。

《长满荆棘的心灵》(1985)

Brambled Heart

长满荆棘的心灵

可怜的长满荆棘的心灵
被刺藜钉在墙上
你深红色的泪
给尘封的砖块打上条纹
聚在荒废之火的
池潭中

幸运的手
握住一朵紫色之花
那朵花随消失的
太阳的光而燃烧
那些太阳把砖块变黑
又烧掉尘埃

时间

时间用它的石牙
咬啮我的生命
我思想丛林中的老虎
穿过我衰退的眼睛
抓扒它的出路
留下一盏骨头灯笼
在枯叶间燃烧

一束白发
在风中飘扬
时间以自己的荣誉
升起一面旗帜

那跟随的军队
具有着火的手
还有那停泊着一排
刀子的弧棱

时间用它的石牙
咬啮我的生命

白色花瓶

　　一大簇深紫色叶子的黑暗，就这样开始在一个人的头上再次合拢，他淹死自己的内心思想的层层波浪下，这些思想染着浓烈的忧郁，使他的思维蹒跚，他的头旋转。

　　乌鸦的呱呱叫声在他内心的耳朵里鸣响。一种黄色黏泥和过于茂盛的野草的陌生气味，导致他的鼻毛闪烁着记忆的怀旧。

　　新的日子带来羽毛的骤雨，用柔和的拥抱笼罩他。他放松，放弃他对战胜与他对抗的困难的努力，把他自己遗弃给无限的沉思。此刻，这种沉思已呈现出一只乳白色花瓶的形状，一只最有可能容纳着他那如今休眠着的灵魂实质的容器。

雨

雨水来临，从我眼里
冲走黑色星星
黑色人行道上的反影
在天上绘画

那融合又分裂的绘画

我在湿淋淋的林中行走
听到被践踏的青苔低语
鸟翅从哭泣的树叶上
溅落雨滴

那反映湿淋淋的世界的雨滴

我的手握住水
我的心是一股水流
推转一轮空磨
水草即寡妇之草

在流水中招摇

我身着薄雾的斗篷
隐退到黄昏之中

进入一个漂浮在河上的
影子世界中

这条河从大海流走

词语

歌声朝天空飘扬
一条翻飞的声音之带
从诗人的肚脐中
旋向一片云的胎盘

从天空最深的深渊
一个嗓音穿过一连串
罗网和圈套
拍动珍珠般灰白之翅飞向我

它一抵达我，就精疲力竭
它用垂死的气息
低语一个
我无法领悟的词语

离开它垂死的嗓音
那词语拍动珍珠般灰白之翅
飞回天空中
又猛然投入
它深深的深渊里

我站在这里
一棵根须被割断的树

噪音

一个沉寂的噪音
充满每个房间
一千颗血红的心
悬在秋天的树上

丝兰花的绿色短剑
从四面八方威胁
淹死的太阳发出的苍白之光
在屋顶后面如同水彩流淌

映照在玻璃画上
树叶枯萎成灰白
灯盏是坠落的月亮
在一根弦上悬晃

沉寂就是深水
我在其中淹死
听见一条鱼缠在
远方之网里的声音

空寂

空寂的黑暗中，我的手指
徒劳地寻找手指
枯死的草丛
徒劳地寻找鸟儿

种子落在
粗糙的土壤上
等待干燥的风
把它们吹走

那交叉着横越空寂的
天空的鸟儿
让种子枯萎
死于它们所在之处

我空寂的手指
在黑暗中寻找
仅仅找到
那一触摸就嘎嘎作响的骨头

骨头和一束头发

两只渡鸦

搏斗的渡鸦
飞扑蓝天

嘴喙刺戳
爪子抓攫

沙哑的声音
在空气中划出长长的伤口

伤口流出云朵和鸣啭的鸟

树叶颤抖
被黑翅鞭笞

树木因害怕丧命
而探开身躯

树皮上的眼睛
自卫地闭上

渡鸦只顾自己
而继续搏斗

黑色弯刀切开
收缩的空气

黑礁石

　　黑礁石从白色泡沫中升起。它长着仰望蓝天的空洞眼睛。它那深扎在沙土里的根躁动，却无法移动。它绝望地挥动海藻之臂——完全徒然。它环视蓝色大海，而大海的蓝色破碎不全，漩动着，被劈砍。天空的蓝色平静而光滑，安详宁静。黑礁石徒然向往蓝天，深陷悲哀之中，然而在沙土里陷得更深，直到水波在它上面合拢，让它的眼睛永远失明。

日本月亮

1

无云的天上之月
一片黄叶
沿着黑河漂流

2

透过树枝之月
黑色
发绺后面的面庞

3

雨中之月
默默哭泣的
白色面庞

4

薄雾中之月
淹死在
波浪下的面庞

5

暗天上之月
黑丝绒布上的
白颅骨

6

黄叶之月
即将从
天空之树上坠落

清晰之镜

清晰之镜，把光芒反射回一个房间。在那里，万物都在翱翔，仿佛漂浮在水下。

镜中之脸正在光芒中淹死。镜子后面的深水即将把它冲走。它被定时涨落的事物的短暂所标注。在这短暂的被反映的世界中，黑暗的礁石没有阻挡光芒的流动，照镜者没有什么固定的东西要去把握。

黑镜

黑镜那边，一队白袍白脸的牧师正在白桦林中的树木之间行走。脚下有雪。树叶也呈银白色，林中弥漫着一股微弱的气味，让人想起用银白色的纸包裹的圣诞节霜状蛋糕的气味。悬晃在枝头的中国灯笼，投下令人联想到炉火与血迹的微暗红光。领头的牧师拿着一把镰刀和一枝槲寄生。当这个队列进入远方，黑镜眼中的微光就暗示它正走向一个人类献祭之处。当这个队列在最远的树林间从视线中消失，灯笼光就熄灭了，树林陷入那仅仅被微弱的白色闪亮打破的黑暗之中。黑镜锃亮的表面变得迟钝而黯淡，直到它呈现出一个虚无的外表，或一道无底深渊的嘴。

朦胧之镜

朦胧之镜里，无数朦胧的身影穿过打漩的雾霭而飘浮、扭曲、转动，在一个永恒的世界中失重。花朵在它们之间飘落，歇落在它们的头发中，然后再次飘落。

这些飘浮的身影的眼睛盯着远处的东西——要不然他们正注视着一面反映其内心世界的朦胧之镜，朦胧的身影在那里面永恒地漂浮，纠缠在一支没有目的而又层出不穷的萨拉邦舞曲之中。

镜子那边

在开启世界的镜子那边，一片树木倾向镜子之光的密林，反映在蕨草镶边的散乱的池塘中。众鸟在枝条之间疾飞，在树叶之间过滤下来的太阳光线中，闪烁着耀眼的羽衣。它们的歌沙哑，却令人萦怀，在树干间回荡。林地上的小动物在阴影之间疾奔，害怕野兽或猛禽的袭击。硕大的花朵，如同鸟儿一样耀眼，装饰粗枝和具有对挑衅色彩标志的匍匐植物。无形的树木间，一条河流动，把经久不变的声音的封印打在这片灵魂的风景上。

但镜子仅仅奉献表面光滑的完美，以及那些人的嘲弄的反影——任何为了以徒劳的企图看穿它的面纱而凝视它的人。

《双手穿花的人》(1985)

The Man with Flowers through His Hands

幻景

　　我的目光越过一条宽河凝视一座城堡，光线如同白银树叶，从城堡窗口落在幽暗的水上面。

　　这些陨落之星中间的第二个月亮，一个女人站在一个窗口前，向我回视——或者看起来如此。但她能看见位于阴影遮蔽的岸上的这些阴暗灌木丛中的我吗？

　　我渴望呼喊她的名字，但又怕亵渎打破这夜的寂静，导致她消失在她自其而来的石头子宫里面。

　　我被河流和寂静分开，永不能逾越这条流水。我被淹死或冲走，将永远丧失独自照亮这个夜晚的黑暗的幻景。

　　河水流动。那女人站在窗口。我蹲伏在灌木丛中——一头对月默默而噪的狼。

头发着火的人

一个头发着火的人沿街而行。他好像未意识到这个事实，但火与烟引起行人的注意。

他恰好经过一幢房子，一个女人站在外面，手提一桶水，正要冲洗台阶。

她看见这个人的头发着了火，即以一种未预先思考却助人为乐的姿势，把水倾倒在他的身上。

水扑灭了火。但这个人却溶化了，在人行道上只留下一堆略带某种粉红的白色物质。

那女人为之震惊，即用一根钢琴弦自缢身亡。

一切都很好，但这件事却让钢琴调音师的工作极为复杂——他在几分钟之后就到来了，而他就是最初出现的那个头发着火的人。

虚无的人

　　虚无的人看着窗外。房子空寂。虚无的人的目光穿透黑暗——那黑暗发出少许痛苦叫喊。打漩的雾霭笼罩房子，包围它，让它隔绝于周围的花园。这幢房子因而被切割得松动起来，进入太空，把虚无的人运载到一个云烟王国。

　　无聊乏味的思想进入虚无的人的头脑，徒劳地寻找出路，在他的颅骨壁上轻叩，直到他睁开眼睛，让那些思想能够离去。

　　房子依然空寂，而虚无的人却纠缠于无法摆脱的渴望，那些渴望通过一系列战争的呼喊和拖沓的誓言，来引导他强制公认他的出现。

　　屈服于这种沉重的压力，房子回到花园中，倒伏在地面上，变成企图超越宇宙界限的火焰般的甲虫的发射台。

　　虚无的人满足于把他重视的一切都托付给这些超自然的使者，它们将把这一切从他的视野中永远搬走。

　　如今，从不存在的窗口，虚无的人继续渴望地凝视被最空寂的腐朽之船占据的太空。

唿哨

　　随着一声唿哨，一群鸟儿飞掠我的窗口。我打开窗户，想看看发生了什么事情：一股气流开始吮吸房内之物——包括我的朋友——透过开启的窗户吸出去，外面仿佛有一个真空，或者仿佛这个房间在高速穿过空气。我迅速关窗，转身：所有最沉重的物品——一张餐桌，一个书架，还有我的床，全都消失了。

　　我孤零零地留在几乎空寂的屋里，用我的眼睛吞咽存留的物品。它们一件接一件地消失了，直到房里只剩下我。

　　我俯视我的双脚：它们消失了；我俯视我的双腿：它们也消失了。接下来消失的是我的身躯、我的双手、我的双臂、我的脸、我的头。

　　除了我的眼睛，什么也没有留下，它们再不能吃什么了，就衰退下去，依次消失。

　　房间存留，空寂而废弃。或者我这样猜想——但既然那里没人看见它，谁又能述说呢？

　　同时，群鸟继续飞行——朝北还是朝南？——朝着它们的目的地，那证明是我垮台的唿哨声伴随着它们——也许会让其他人毁灭。为什么要选中我呢？

六支箭

我穿越一片密林。从绿色的幽暗中，我看见一支箭飞向我，紧接着是一支又一支箭，三支箭都装上了钢尖和红色羽尾。我转身，沿着我刚刚走来的小径逃逸，但我看见另外三支箭也从那一边飞向我。这些箭同样装上了钢尖和红色羽尾。

六支箭全都蓄意地缓缓飞行，如同硕大的海鸟在海洋上空懒懒地拍动翅膀。这给了我四顾寻找逃路的时间。小径一边，是不可逾越的下层林木；另一边，在几棵树那边，是一道悬崖，一条河在下面的岩石间漩动。

我奔向下层林木：箭矢改变方向，直端端地飞向我。我跑到悬崖边上俯视：要想跳过去将必死无疑。

看见无路可逃，我回到小径中心等待我的命运。箭矢从两边同时触及我，穿过我的身躯继续前行，而我——毫发无损。

我踌躇着，一如既往沿着小径前行。

东京的太阳

东京上空的太阳在绝望地寻找某人。我看见它的手指刺过树叶，我听见它们在轻叩玻璃。我带着一种下沉的感觉疑惑：它是在寻找我吗？

太阳温暖的手臂穿过玻璃拥抱我，我开始屈服，但它的手臂是章鱼触手，如果我屈服，我就会丧命。

我拿出我所知道的所有字眼掷向太阳，用字句向它投击，甚至还用指甲把标点符号对它弹去。

一个惊叹号击中它的眼睛，让它眨眼；一个问号击中它的鼻尖；"随意"一词击中它的前额，导致它打根底向后摇晃。

我把一捧词语径直投掷在它的脸上——足以写一首诗的词语。它抬起了手来防卫。

我抓住时机，气喘吁吁地把一张纸蒙在窗上，然后等待，且疑惑：这张纸会被撕破吗？

幽暗的国度

我溜进我的梦幻马车，驶向一个点缀着白石的幽暗的国度。各处的水也是白色的。但不如消失在幽然无形的灌木丛后的兔子那样洁白。因为它们长出了手来代替前爪，因此它们就擅长于各种不同的技艺，尤其是制作充满异国情调的珠宝——它们通常把这些珠宝戴在尾巴上。它们喜欢随意发出邀请，而当它们的客人到来时，它们又很可能后悔。为了控制这个不幸的习惯，这个群体中年长和聪明的成员准备了一套检查和平衡系统，以防鲁莽地离开洞窟。年轻的兔子被如此禁闭，便咬掉从上面伸下来的树根。这就是它们的极度饥饿——不停把树木和灌木丛从地面拖进洞窟。这种行为产生了双重影响：用树干和树枝阻塞洞窟，并剥光地面更大的植被。某些树木和灌木丛坚韧得足以在洞窟中重新生长，从缝隙中长出来，这个事实把这一地区的植被从减少拯救于完全荒芜。这就赋予风景一种古怪的外貌——在它陷入的完全可见的永恒的黑暗范围内——在大多数更大的植被的黑暗中，它从洞窟中重现，以水平生长代替垂直生长。对于在枝条中筑巢的鸟儿，这最为困惑不解，这些鸟儿更靠近地面，从此暴露在如狐狸、黄鼠狼、白鼬等天敌的攻击之下。只有白石和小块白色的水，把这片景色从成为一处彻底的幽暗拯救出来。

金宝座

　　现在我能看见你：在一片融合彩虹所有色彩的光芒中，你将在天使唱诗班的伴唱下，走上一段通向金宝座的长楼梯。大约从现在开始，你就会想象。但当你一步步前行，那你上行的楼梯就会长满青苔，破裂，金宝座就会变成一块古代孤石，沾染着那看起来就像变干的血液之物——尽管那可能只是各种真菌。天使唱诗班？这将证明它什么也不是，只是林中的飒飒风声，数百英尺下的山溪奔流声以及鸟儿偶尔的鸣啭声——一种足以让人愉快的复合声音，但却世俗，非常世俗。那光芒将只是阳光，被闪忽不定的树叶和投射到地面上的跳舞的影子打破。

　　当你抵达"金宝座"，你将疲竭地向前倒在它上面，从一堵被下层林木半掩的残墙后，一个伐木者将手持斧子走出来。那斧子将起落。你的头颅将滚下那通往奔流之溪的台阶，你的血尚未干，将沾满你所倚靠的岩石。

　　谁知道是不是在一片融合彩虹所有色彩的光芒中，你将在天使唱诗班的伴唱下，走上一段通向金宝座的长楼梯呢？

椅子下面

你知道，你就座的椅子下面有某种你不希望看见的东西。你的眼角之外，你从一边向下瞥视，看见一条灰色的尾尖。你瞥视另一边，看见一个动物的嘴尖。你迅速向前看着你面前之墙上的一幅画和两面日本茶馆旗帘，保持注视着这些物体，以便抵抗再次斜视的诱惑。

你能感觉到椅子下面的活动和很低的咬啮声。你的双腿僵直，害怕被咬之痛，却没有被咬。你环视房间：一切都完全正常。只是在你椅子下面，有什么东西不正常。

咬啮继续。你开始期待椅子的一角会掉在地板上。这没有发生。

一会儿后，椅子下面的地板开始下陷，再一会儿后，椅子带着那仍然坐在上面的你，穿过一个洞孔坠到下面的地面上。

你知道，你坐着的椅子下面有某种你不希望看见的东西。你的眼角之外，你从一边向下瞥视，看见一条灰色的尾尖。你瞥视另一边，看见一个动物的嘴尖。你迅速向前看着你面前之墙上的一个爱斯基摩石印，抵抗再次斜视的诱惑。

你能感觉到椅子下面的活动和很低的咬啮声。你的双腿僵直，害怕被咬之痛，却没有被咬。你环视房间：一切都完全正常。只是在你椅子下面，有什么东西不正常。

咬啮继续。你开始期待椅子的一角会掉在地板上。这没有发生。

一会儿后，椅子下面的地板开始下陷，再一会儿后，椅子带着那仍然坐在上面的你，穿过一个洞孔坠了下去，并且继续坠落，仿佛这房子处于一个空虚的空间上。

你想知道椅子何时将在坚硬的地面上着陆，并且，在它着陆时，它下面的东西将会发生什么。

你一想到这件事，椅子就在一片坚硬的表面上轰隆一声着陆，椅腿折断，而某种半流质的灰色之物从四周慢慢渗出来。

这种物质从四面八方上涨，在你的身上弯曲，完全笼罩你。你被封闭在其中，仿佛处于一个海豹皮包里，但你绝对能看得清晰：没有什么阻碍你的视野。

你知道，你蜷曲在下面的椅子上有某个你并不希望看见的人。你观察她的双腿紧张，仿佛她害怕被咬。你没有咬她，但开始有条不紊地以一个围绕椅子的圆圈咬穿地板。

你不时停住咬啮，短暂地轻咬她金黄色的长发。

蛇与鸟

　　一条蛇非常缓慢，非常安静地穿过房边的枯叶，爬向一只底部翻起的花盆。这条蛇从盆边滑过，爬到花盆下面盘卷起来。

　　一只鸟儿从一棵树悬垂的枝条上飞下来，落在那底部翻起的花盆上，透过盆底的孔眼啄食那条蛇，但它的喙却无法穿过孔眼啄到蛇。

　　蛇朝上面咬那鸟儿，却无法穿过孔眼咬到鸟儿。只有蛇头咬住鸟喙，将其咬碎。但鸟儿却成功地啄掉了蛇的舌头。

　　没有舌头，蛇无法进食，鸟儿也无法用破碎之喙进食。由于它们生命的这种结合，蛇与鸟两者都注定了要死于饥饿——一个死在地上，另一个死在树上。

树与影

在森林中心，一个深蓝色的影子与一棵树角斗。

它们的搏斗声，如同树枝间的飒飒风声和鸟儿飞翔时翅膀的拍动声。

来自附近沼泽的磷火汇集，形成一个移动的圆圈，围绕着两个斗士。

树扎根，坚韧不拔，但它却无法紧紧抓住那躲避的影子。看来这场搏斗永不会结束，直到影子突然沉陷在泥土中去攻击树的根部，将其吸收入自己的体内，接着吸入树的其余部分。

影子以一棵树的形状破土而出；而树，丧失了其本质，现在变成了一个深蓝色的影子。

这个影子攻击那棵树，搏斗又重新开始，磷火跳舞的圆圈内，以一个永无休止的循环周期重复。

手

在湖泊的泥淖和芦苇间，一只手来回疾走，寻找另一只手。它把它的臂留在了灌木与草丛之间的岸上，一动不动地躺着，没有将其向前猛推的肩膀和将其向前引导的手臂，它无法移动。

手指陷入软泥，寻找鹅卵石和贝壳，触摸到那消失于甚至几乎没有水渗出来的深处的细长之根。

手透过毛孔呼吸。它关节里的眼睛透过阴暗的水，凝视被躁动的泥淖所塑造的形体。

泥淖以高耸在无助之手上的不祥身影而直立。手向上凝视，看见威胁的影子，长着发光的眼睛和伸出去削落太阳的翅膀的黑暗之鸟。

在滤过泥淖的浅黑色羽毛的绿褐色光线中，手徒劳地寻找它的同伴，同时，它的臂在干燥的岸上慢慢枯萎下去。

红色天鹅绒坐垫

　　从一个山洞的黑暗中，一只红色天鹅绒坐垫显现出来，四处飞翔，在寻找一把椅子。它所寻找的椅子是古代的，用沉重的黄铜制成。这坐垫很快就意识到：这把椅子无论如何也不能坐落在这片风景中——这里有锯齿形岩石，高大的松树和桧树丛。这坐垫感到有些愚蠢，就重新飞入山洞，从山洞的另一端再次飞出来。

　　这一端通向一座城市的广场。这坐垫不偏不倚地飞进一幢高大的旧房子敞开的窗户。一飞进去，它就下降到地窖里。在那里，在一间屋里——配着一个中国漆器食橱，具有穿着暴露生殖器的男仆制服的摩尔小男孩之形态的落地支架，它看见它寻找的八把椅子围绕一张古式餐桌而立。这些黄铜椅子，全都有红色天鹅绒底座。没有任何一把椅子有坐垫。

　　这坐垫不清楚究竟歇落在哪一那椅子上，它最终以一种永无休止的圆圈形舞蹈，从一把椅子飞到另一把椅子上。只要它的天鹅绒中有填塞物，它就会继续这样干下去。

搜寻者

在长满青草的岩石间，一个灰绿色身影在一条弯曲的小径上移动，寻找一件失落的物品。这件物品的本质模糊不清，但这场搜寻却具有惊慌搜寻的所有特征被——被势不可挡的欲望和需要所促动。

插在岩石上的旗帜在飘扬，以绝望的企图去援助那搜寻者，可是，他的眼睛如此专注于地面，以致他甚至忘记了去注意这些想要成为其帮手的旗帜的疯狂努力。

旗帜因未能成功而沮丧，展开翅膀，飞入那无瑕的天空。

那搜寻者现在无法眺望它们，他确信，他寻找的物品实际上就在这些喧闹着拍翅离开他并逃进无垠时空中的旗帜群中间，他倒在地上，死于悲哀。

那物品看见这一幕，从它位于一块岩石的缝隙中的藏身处显出，显出一副得意洋洋的嘲弄样子，爬过搜寻者俯卧的尸体，又再次消失在下层林木之中，导致烟缕从它经过时就开始冒烟的草丛中袅袅上升。

我们不能断定是否第二个搜寻者——或许是不同肤色的搜寻者——将会出现在这个场景上。或者，如果他出现，他是否会在第一个搜寻者失败之处成功。我们所能确切地说出的一切，就是那物品决定避开探寻，以及它为了避开探寻而装备精良。再者，我们有良好的理由去怀疑，即使找到了它，那物品也不会被辨认出来，它必然会被搜寻者忽视，搜寻者会继续那完全无济于事的探寻，直到他既死于绝望，又死于彻底的精疲力竭。

因此，我们将把目光从这片令人不快的场景上移开，去注视更具启发性的场面——打漩的水，一个潜水者消失在下面，再未出现过。

《暗水》(1987)

Dark Water

暗水

暗水中
一片旋转的叶子
慢慢沉歇

在绿色水藻间
蓝眼睛的鱼
以古怪的方式拱动

一块橘黄之石
散发着
红色火光般的光线

我也在此歇息
在认识中无忧无虑
没有路径通向更远处

林中最后一日

最后一次
在林中散步
我等待一句话

树叶
沉默而静止
鸟儿
好像已先于我离去

只有我的脚步
向我告别

话语之笼

我的思想
被卡在这话语之笼中
振动宽大的蓝翅

天空
用长着羽毛的手指召唤
高高的树端

话语形成一条歌之绳
纠缠我飞越的思想
在这旋转之笼内

紧握着它

黑色连歌

1

河流在我面前
它喃喃的嗓音——
我背后
一只猫头鹰
在黑暗中大声鸣叫

2

子夜的林中
一只白鸟
振动翅膀
仿佛被黑暗
囚禁在笼中

3

黑暗中
河流泛起涟漪
招惹月光的闪烁——
破碎的
玻璃片

4

傍晚

孤寂
那唯一的嗓音
一只鸟的啁啾

5

夜晚
盐的气味
波浪拍打在
码头上

6

当光芒渐渐消失
一首诗
拍动黑翅飞进来

水面的诗

树枝的手指
在水面写着
一首移动得太快
而无法把握的流动的诗

它旋转于涡流之中
纠缠于蔓生的草丛里
为了在大海之书中寻找其页码
它向前加速

十舟

1

空寂之舟
在水之床上做梦——
它的梦发绿
发出沙沙的芦苇声

那穿过芦苇游动的鱼
用彩虹色的光芒
编织缎带

2

被弃之舟
承载着恐惧的货物
漂浮在禁锢的
思想的海洋上——
它不安的手
拖拉钢的升帆索
它的船骨
一把磨快的刀
开辟通往大海的路

3

生翅之舟

掠水而过

没有留下尾波——

被那在舷缘上面

为搜寻其鸟儿

而振翅飞走的

羽毛货物搬动

4

简单之舟

在清水上行驶

它的玻璃底部

显出鱼和花——

镇定于

那给透明天空

打上斑点的唯一云朵

5

花园之舟

载着花朵的货物

平衡在

根须的船骨上

在疾飞的蜻蜓

反复出没的

百合池里

6

垂死之舟

陷在沙里

它的帆腐朽成

恶臭的碎片

它崩碎的木板
适于海藻的土壤
它的锈铁
生发褐色溪流
追逐
退落的海水

7

山峦之舟
遗弃的方舟
孤独于阿拉拉特山①上
漂浮在被海水雕刻的
岩石波浪上——
它干燥的木板分开
风穿过它而吹拂
寻找它那些消失的野兽

8

子宫之舟
在血海上行驶
当水流把它远远
载入空气的海洋之际
它珍贵的货物
拉扯其系泊处

9

掘洞之舟
深藏在大地的心里

①土耳其东部山脉，《圣经》中记载诺亚方舟曾经停靠此山。

它的帆片卷紧
它的桅杆放平
它的弓形斜杠
一根刺戳的长矛
为船体开辟一条路

在大地灼热的心中化成灰烬
燃烧之舟放弃它那行驶的灵魂
那灵魂高飞到天上
永远穿过它那蔚蓝的波浪而漂流

10

一只白船
在树端上空漂浮
它所有的风帆都展开
一条空空的粗索
在空中悬晃——
在一片比世界上所有海洋
更深的
思想的大海上行驶

秋天的小提琴

秋天的小提琴
呜咽，擦刮出
一支在睡眠中
吱嘎作响的错误旋律

一个更柔和的声音
隐藏在音符之间
寻求被听见
渗透那把自己

对着这支融化之歌
遮蔽的心灵
在一个充满敌意的
粗糙的贝壳后面

选择那摩擦
又吱嘎作响的旋律

林中的秋天

秋天把它的牙齿
咬进树木的肉体
用爪子抓下树叶
从树枝中间
冷眼向外凝视
用冬天及其冰棍的拷打
来威胁树木

秋天的凉意

秋天的凉意
在落叶间拥抱我
我的影子在我身边走动
因为没有太阳而迷失

我倾听鸟歌
凝视花朵
唯一的血红浆果
会破除咒符

然而万籁俱寂
暗淡
淹死在
水下淡灰蓝色的光芒中

直到一只啄得鹅卵石
叮当作响的鸟喙
撕开面纱

九月

我的脚下
枯叶
我的头上
一片水灵灵的
灰蓝天空
太阳
一只燃烧的船
慢慢沉没在
波浪下面

范度森花园中的秋天

秋的手指
带着红意触摸过树林

启程的夏天
发出一声叹息离去

滚落的水
映照坠落的泪

群山已隐没在
一面云帘后面

玫瑰的芳馨衰退
如同一支消亡之歌

在秋的悲哀中间，我内心的耳朵
萦绕于遥远的告别的嗓音

低语的树叶

秋天的林中
飘落的树叶
发出如同夜漏之沙的声音
轻轻低语
好像时间把它的名字
刻在树皮上面

雾

优美的雾
粘附在树叶上
一块薄面纱
隐藏着
树的皱纹

十月的树林

凉雾中
落叶
如雨点滴滴答答

树枝中间
潮湿的鸟儿发出
锈栅门的吱嘎声

小径上，一根秃枝拱起
举行
秋的凯旋

鲨鱼

在我脑海的海藻中间
随想来回游动

一块黑礁石后面
一条鲨鱼在等待

在水下的幽暗中
它的牙齿闪耀着白光

在唐人街的咖啡馆里

镇定于匙子的叮当声
我观看黄河
带着多彩的波浪流过

从远方
隐隐传来
寺院的钟鼓声

淅沥的脚步
带着丝绸的窸窣声
沙沙掠过我的耳朵

蝴蝶

春天最初的蝴蝶
橘黄而紫红
轻快飞过我的小径
一朵飞翔的花
改变着我日子的
颜色

艳果

在落叶的花园里
和冰冷的池塘中
那些艳果
以紫色的绚丽
触动我的心

《绿纸上的诗》(1988)

Poems on Green Paper

林水

投入树林
犹如投入凉水
我穿过长满叶片的鱼群
树木的礁脉而游动
鸟鱼飞扑，冲刺
拍动长满羽毛的鳍
珊瑚浆果
在水藻中闪发红光
鹅卵石小径
被沉浸在水藻间的
流动的影子冲刷
我依附在一根长满
绿色帽贝苔藓的漂木上
树枝的吱嘎声
是鲸鱼之歌……

这个深深的水下世界
完成一个呼吸着的梦

避难所

我走进树林
如同走进一个
真正属于我的世界
被树木
被树叶
被影子
被鸟儿
被蕨草
也被蛛网的银线
迎候
就连苍蝇的嗡嗡声
也发出欢迎的音符

入侵的人类嗓音
刺耳又冷漠

影子向导

在我的面前移动
我的影子在树叶
和树的影子中间
穿行它的路

我匆匆跟随
唯恐失去我穿越
影子之林的向导

叶影

小径上
叶影振翅
我轻柔迈步
极力希望不踩碎
这些易脆的影子

鸟歌

1

树木中间
鸟歌
悬在掠过树叶的
无形飘带中

树叶
为声音所触
及时应合歌声
而轻轻移动

2

这个早晨的鸟儿
叮当地响着银铃

声音
在叶片之间弹跳
从树干上涓涓而下

滴入溪流
它流走
在流动之际歌唱
在舞蹈的激流
和挥舞的草丛中间

干枯的细枝

干枯的细枝
在无形的脚下折断
那行人
已死去两千年
他的幽灵
无需小心翼翼地踩踏
他知道没有猎物没有敌人
如今漫游这些空寂的树林

弓箭手

当我攀爬光与影之梯
我的脚步从林中回响
直到我被一大群
陌生人包围

迅速回头一瞥
我看见消失在
树林间的身影
他们全都身着绿衣……

我等待箭矢

暗处

　　树林中心有一个暗处，被一块长满青苔的扁平孤石标记在中心的小小空旷地。孤石上放着一片涂绘过的羽毛，即使有风吹动，它也绝不移动。即使无风吹动，四周的树枝也悲哀地吱嘎作响。附近的小溪发出一种有别于其他溪流，令人毛骨悚然的声音流动：一曲悲伤的哀歌，一种低声怨诉，一种连续不停的柔和呻吟。此处的黑暗从土壤中慢慢渗出来，从树中渗出来。即使太阳在别处照耀，它也经久不变，完整。此处上面，太阳永远都是黑色的。有时，我不可抗拒地违反自己的意志，被拖到这个暗处。每当我离开时，我都被改变了。

红狐

死亡在树林中下跳
嘴里衔着一把刀子

威胁要松开红狐
把树林变为
一处漩动的幽灵

出没的
发黑的荒地

苹果树

多瘤的苹果树
一只骨瘦的手
从牵牛花的衣袖中升起

它指尖上的树叶
缀满鸟儿
如指甲在石板上擦响

扭曲的手指
用淫秽的情欲
抓攫天空的蓝色面纱

暗色玫瑰

静湖畔的暗色玫瑰
在我弯腰嗅闻芬芳之际移动
我的气息微微搅动它的花瓣
它的叶片
如乞求的手振动

然而，在幽暗的静水上
它的反影静止不动
冷漠，未被触动
固定，永恒
在一个相异的世界中

绿月亮

　　一根绿色嫩枝从林地中破土而出，但它并非普通植物：它长着手和头，但无腿：它的根牢牢扎在土壤中，它没有运动力。这生物手里握着一轮小小的绿月亮。当它拖动自己的根，它显然希望将这轮小小的绿月亮作为礼物赠予别处的某人。这种欲望受挫，它再次沮丧地沉陷到泥土中，消失。但从它消失的地点，小小的绿月亮从泥土中重新显现出来，挣脱了束缚，穿过树林飘走，归歇于我们所不知的地方……但那一夜，当月亮升起，它沾染着一丝淡绿的色彩，仿佛在半透明的皮肤下面，注满绿血的脉管在流动。

孤鸟

一只孤独的鸟儿
出没孤独的天空
溅在蓝色
羊皮纸上的黑色墨水斑

当这鸟儿消失
那再生羊皮纸卷的天空
携带着无形的文本
嘲笑那饥饿的眼睛

《温哥华情绪》(1989)

Vancouver Moods

三月之晨——范度森花园

在苍白静止的阳光中
水波仍然
等待夏天从它那
黝黑的子宫中诞生

反映在它涟漪之脸上
树木
摇晃，踌躇在游过
荫凉的绿色鸭子下面

深处的生命
从视野中沸腾而出
等待着太阳
把它引向光芒

大学基金捐赠处的四月

1

柔软的青苔让我的脚步愉快
太阳
它那依然因冬天而苍白的面庞
惊讶地俯视
它那在泥炭似的
褐色池潭中的反影

树林和灌木上
发芽的叶片
吐出绿色音乐
一支向狂喜的春天
致意的笛子序曲

2

苔封的树干间
沉寂
被企及我内心耳朵的
声音覆盖

它以一个长着树木般的
绿色胡子的古代贤人的
嗓音讲起"道"

鸟儿鸣啭
绿色屏风后面
穿锦缎的
侍妾的啁啾

太阳透过云层
用黄色丝绸的
闪光凝视

蓝色长春花以另一种
风土的眼睛
闪烁微光

空心菜
以另一个绿色嗓音高声说话

小花悬钩子的绿色
沾染着粉红色之花的色彩

一条多瘤的巨根
带回"道家"贤人

一只细小的蓝蝴蝶
在树叶间闪忽不定
一朵拍翅的
长春花

粗枝中间
一只鸟儿的吱嘎声

一扇竹扉的轧轧声

一株被毁之树的
烧成焦炭的躯干
一名日本武士的黑色铠甲

然而"道"常青
穿流万物

大学基金捐赠处的春雨

湿林中
雨水
让我想起死亡
击落树叶
蹂躏花朵

我自己的脚步
变成
时间的脚步
当我在树木之间经过
尾随我而行

绿色幽暗中
我淹溺
且停止存在

树叶上的太阳

太阳栖在我园中的所有树叶上
穿过窗户盯着我

我自问，那些黄眼睛的目光
是爱还是恨
还是一种比远山上的
积雪更冷的冷漠

我以一种目光回视
那目光蓝得就像
用纯粹的半透明的圆顶
罩住万物的无云天空

万物静止

一只狗吠
打破寂静

温哥华之晨——越过英吉利湾

鸥鸟的鸣叫
在早晨打孔
我朝外观望
一个辽阔得无法把握的世界

小舟
迈着那比我所希望拥有的腿
更长的腿
走过海湾

白发苍苍的波浪
自远方而来
它们用
疲倦的嗓音低语

隔水的房舍
仅仅装作静止
我每次侧首
它们都移动
当我回顾
它们坐落在不同之处

我的思想与鸥鸟
在无际的天上盘旋

九月的湖泊——范度森花园

湖泊是一个沉睡的女人
在阳光下打盹
被栖鸟轻轻摇曳的
秋天灌木丛上的红叶
加边装饰

在交媾的蜻蜓下
她的梦让水面泛起涟漪

一株金合欢把斑点之影
投掷在她柔滑的皮肤上

在她那反映天空的眼睛上
芦苇急速振翅

秋天的诗——新渡户花园

1

我的衣袖上
优美的雨滴声:
一根手指轻叩在
窗玻璃上

2

池塘的黑镜上
秋叶:
燃烧之唇的吻
印在玻璃上

3

瀑水的声音
在冷冷的眼光中
唤起对遥远的花园的
冰冷的渴望
在那里,在被银杏叶过滤的
太阳光线打上斑点的水中
鲤鱼闪忽金红的尾巴

秋池——新渡户花园

水上的枯叶
沉入黑暗深处
之前
最后一次
看见太阳

反映在水面的红色浆果：
一朵水下之火

秋园——范度森花园

在秋园的孤寂中，被瀑水的音乐和湖泊不停的涟漪抚哄，我感到一种存在以未得到满足的欲望渗透万物。一种空缺投下一个连太阳也无法驱逐的无穷的影子。

内外的空寂是无底深渊，万物都消失在其中。

一百种存在徒劳地奉献自身。

太阳晒暖的泥土，蒸发出升起又消失于树叶间的幻影。远山从一面雾帘后暗示其存在。一只黑鸦栖在绿色岩石上，就像栖在墓碑上。啄草的雁鹅仿佛在寻找土壤下面的躯体。

海鸥凄凉的鸣叫在这片风景上布下印痕。

然而一朵玫瑰的芳馨用美妙充斥我。

十二月的雪

1

冬树
让白花落在
白色地面上

2

在从横越天空之路的
黑色灵车上
落下的玫瑰下
世界在窒息

3

雪山
把白云喷射在
一片蓝丝绸的天上

冬日——范度森花园

融化着的冰
非常柔和地
对自己唱歌

冷冷的太阳
涂绘万物
明灿的钻石

远山
发白地
抚弄云朵

离别温哥华

等待离开
我的心在两地
两片天空上的一只鸟
两只笼
被西风和东风
撕开

当它的喙
刺穿云朵
天将下雨

然而升起的太阳
是一朵开放的花
对那寻找的鸟喙
奉献出其最深的花瓣

透过雨的最后音讯

雨再一次把它冷冰冰的灰色面纱铺展在我的风景上，用怪物般的滴落声注满我的耳朵。这是我从这个覆盖着细薄落水的蛛网之罩的小镇里给你的最后音讯。明天我将穿过它飞出去，飞翔在汹涌的海洋上面。那里，浩瀚的深度和广阔的区域，将犹如一堵颠倒的巨墙把我们分隔。我将站在对岸的岛上回顾你将伫立之处，一支拖着你头发的红色火焰的高大火炬，在远方的黑暗中燃烧。当风自西边吹来，你的嗓音会微弱地传向我；我的嗓音也会在从东边回吹的风上传向你。游魂，在介入的雾霭中融化，我们将用那飞越大洋的话语交谈，黑白的海鸟凭借天生的本能还乡。

这是我给你的最后音讯——从这个浮在海洋边缘的城市，系泊处尽可能远离你的城市，被水冲击的城市。

当我迷惑的眼睛看见你漂走，仿佛在迷失于大海含泪的无垠中的浮冰上漂走，我就满怀忧郁。

《秘密的花园》(1990)
The Secret Garden

给米里亚姆

秘密的花园之主

秘密的花园

1

黄昏时，秘密的花园
充满失落而遗忘之物
掠过的芬芳
充满被唯一的人
想起的名字

枝头上的鸟儿
在睡眠中呻吟
梦见它们从未
作过的飞翔

走在这些孤独的小径上
我渐渐被缠在
记忆的
无形蛛网中

透过蛛丝的
灰色烟霾看见世界
我渴望那可以把这面纱
撕在一边的远方之手

然而黄昏转暗
夜的水域
用洪流淹溺万物

只有星星之花闪忽
在天空遥远的花园中
明智地点动它们的头

月亮
把白银洒在池塘上
池塘中，橘黄色的鲤鱼
迸发出穿流水域的
血液的颤抖

2

暑热中
花园裹在
叶片里做梦

鲤鱼静止
沉睡
在水的床上

群鸟柔和鸣啭
在静止的
枝条上打瞌睡

绿色睫毛下
花朵
朝着太阳的光辉

闭上了眼睛

3

夏天的花园里
一只蜜蜂的嗡嗡声
淹死一架掠过的飞机的哼唱

在某个秘密的角落
蜜蜂
蒸馏其琥珀的芳香

如花园展开手臂
欢迎太阳的长矛

4

花园等待
透过半闭的眼睛观察
某件未预见的事

一朵新花
从空床上苗发而出

一座喷泉
从墙角突然喷发

高高的栗树俯下身子
用枝条扫掠泥土

我坐在丁香下面

也半闭着眼等待
观察花园

5

花园之池
吸引我
一面挤满
召唤之手的镜子

水面下
水池草
将绿绳拧成
一个致命的索套

6

我的双脚下面
沙砾的吱嘎声
是深埋在泥土中的
死者的嗓音

它们低语遥远的
失落而消逝的往事
召唤着一个
更早的世界的幻景

闭上的眼睑后面
我看见人与兽之间
劫夺和冲突的
可怕的场景

我不知不觉
进入这个世界
仿佛进入一面
留在我后面的镜子

无路可逃

7

树木和太阳的产物
叶影
在我的脚下逃逸

越过小径
花坛和墙疾驰
在它们自己中间默默地喋喋不休

它们把墙
变成一块
豹斑的飞毯

它在高飞之际起伏

8

栗树
开始了投掷
长钉状的绿色炸弹
秋天对夏天的
初次袭击

9

鲤鱼在池中
编织明亮的蛛网
在百合与芦苇之间
穿过闪光的路
把一块光芒的地毯
置于黑暗的水中

10

栖在枝头上
最后的玫瑰
一只鸟
为飞入秋天
而摆弄姿势

11

一个秋日下午孤寂的静默中
花园静止，自我吸收

一片花瓣从最后的玫瑰飘向泥土
像一封遗弃的情书躺在地上

在一幢空房子的阁楼中离开
死亡迈着无声的脚走过小径

它的四周，铺展着一种幽暗的预示
声称花园为其私人王国

只有吊钟花的紫色光辉

吹响挑战死亡的统治的号角

红色天竺葵
闪烁着溢洒之血的明灿

12

雨和雾
给花园罩上灰色面纱
仿佛透过尘封的
窗玻璃呈现出来

几朵存留的花
苍白而模糊
如同在水下
看见的色彩

夏天的记忆
如同遥远的音乐
隐隐回响

13

淡黄色的雾滚入
用长着羽毛的长长手指
弄皱花园

在墙之间落入陷阱
它翻涌，沸腾
一只企图逃窜的愤怒野兽

花园被它的重量压迫，蜷缩

四处伸长耳朵
它的砖石的斗篷

14

夜风对树木低语
说着那些最好不说的事情

惊恐的树叶滚落在地
让枝条在寒意中颤抖

15

冬天的黑枝
刺穿鸽灰色的天空

一阵羽毛的骤雨落下
把世界覆盖成一派洁白

花园沉睡在
闪耀的棺罩下面

16

花园因为冬天而将自己收叠起来
缩小成一个微不足道的包裹

在它的上面，我转身走开
去寻找永恒的夏天的花园

《月亮降凡》(1990)
Avatars of the Moon

月亮降凡

"月亮，它梦见太阳。"

给范妮·古特莱斯
她对月亮的评论激发我
创作这些诗篇

新 月

新月
对我挥手
一条白毛巾
在风中弯曲

满 月

满月
一个池塘
云之鱼在里面
游动

镰 月

一轮镰月
割刈天空的田野
收获麦穗之星
明灿的钢
在光弧中闪亮

长角之月

长角之月
抵破了天空
戳出洞孔
光芒从另一个世界
透过洞孔而照耀

眨眼之月

透过移动的叶片
眨眼之月送下秋波

我伸出贪婪的双臂
嘲弄之月继续眨眼

从它们的手后面
树叶嘲弄地低语

召唤之月

召唤之月
唤我在她的
深蓝色床单之间同她结合
然后她藏在
一面云帘后面

月 舟

月舟漂浮在
太空的海洋上
漂向一个梦境
别离在那里结束

那是相遇的国度
月亮把世界的水域
都吸引给它

血 月

血月被系泊
又等待早晨
释放它们的船只的
赤裸桅杆刺穿

月亮的红光
用死亡注满港口

紫 月

紫月
星星枝条上
一粒硕大的梅子

云的叶片振动
一阵柔风威胁
要把这粒梅子从枝头摇落

旋 月

旋转之碟
用剃刀的锋刃划开
天空的花朵

陨落之星
丢弃，如闪耀的湖泊
如跳跃的鱼闪烁

散落的花瓣
发白地漂浮
在夜半的水上

镜　月

镜月反映
世界上所有的梦幻

巨眼深深
洞察人类的心灵

王冠
在天空的眉头

观者与被观者
让万物合一

丝绸之月

丝绸之月
滑过天空
静柔

寻找开启的门
通向神秘树丛的
花朵成行的路径

那里，星星躺在叶片中间
在云的苔藓之床上
闪发着银莲花的光辉

乳房之月

乳房之月
在深蓝色丝绸中窥视
把光芒的
白色乳汁溢洒在
沉睡的世界上面

玻璃之月

玻璃之月
天边外的
世界之窗

一个应合球体的
音乐
跳舞的幻影世界

身影与面庞
半忆半忘
反复出没

在一个迷乱的脑海里

林地之月

林地之月
卡在枝条中
一个小女孩的玩偶
被她的兄长抛到那里
无助地悬晃

等着风
或一个粗心的攀爬者

花园之月

花园之月
反映在百合池中
一张脸
被疾驰的鲤鱼串出脉络
被涟漪弄上皱纹
被芦苇覆上阴影
如同难以捉摸的发缕
一张
从深水中抬起的脸

沉睡之月

沉睡之月
她的头歇靠在
夜晚的紫罗兰枕头上
她的梦在天空的屏风上
闪忽又闪烁

垂死之月

垂死之月
衰弱于
云之床上
她苍白的脸
穿过缕缕烟霾隐现

消逝之月

忧郁

我观察飞翔之月
离开天空
在靛蓝的河上
被扫走
被逃逸的云朵
遗弃
消逝在
最后的黑暗之中

不愿
看见空荡荡的天空
我侧开脸
凝视
无边无际的远方

《迷宫》(1992)
Labyrinths

给洛丽-安·拉特雷莫伊尔的三首诗

1 穿过迷宫

拿破仑的靴子
歇息站
一个与鳄鱼相爱的
女芭蕾舞演员身边

走钢丝的人
越过两幢被猛禽
占领的房舍之间的
一道深渊

一支箭指向
首饰的商店的路
首饰匠加工那要在
每周星期三磨损的

人类心灵，朵朵玫瑰
遮盖一个等待
火焰的死去的
公主的面庞

2 美女与老虎

越过印着绿色恐怖条纹的

咆哮的距离
老虎潜步追踪美女
潜入她最深的屋里

它的牙齿之间，骨笛
为死者吹奏哀歌
血液的玫瑰
在枕头上盛开

3 玫瑰精灵

当一朵凋谢的红玫瑰随波逐流漂过，我坐在河边默想流水。

特里斯丹·克林索尔①的难忘的话语立即跃入我的脑海："没有什么比无用的玫瑰更为珍贵。"我突然意识到它，被一种强烈得让玫瑰在途中转侧，又迎着激流向我浮来的渴望攫住。当它与我所坐之处形成水平之际，它跃出水面，仿佛被一条鱼尾抛了上来，直接摆在我的面前。

然后，它最大程度地开启那凋谢的花瓣，花蕊中心很自然地踞着我梦幻的女人。我对她伸出双臂，但是，被她的美所炫目，我霎时闭上眼睛。

当我睁开眼睛，她消失了，玫瑰枯萎，空寂于我的脚边。我将它扔回河里，以完成我用我那没有结果的怀念打断的旅程，它通过在注定了迷幻的最后一瞬放弃其灵魂，来回应相应了这旅程。

①法国诗人、音乐家、画家和评论家（1874~1966）。

黑暗的街

在黑暗的街上
脚步
回响着孤寂

它们被墙吸收
消失了
它们消失是为了

以带着灰翅的鸟态
重新出现

光，风，雨

在我房间的黑暗中，一小块尘埃般的粉红色光芒在角落之间轻
飞，仿佛在寻找什么。

窗外，雨用莫尔斯密码轻叩出一条迅速而神秘的消息。

风沿街吹动一只空罐头。

光停在天花板的一角。雨沉寂无声。风从灌木上摇落雨滴。每颗
雨滴都容纳着一个摔碎在人行道上的宇宙。

光与我惊慌地对视。我的宇宙也岌岌可危。光要给我一条消息，
这消息会拯救我的那个我只能将它抓住的世界。但我一文不识，光从
视线中慢慢隐退。

那空罐头继续沿街叮当作响，仿佛在狂躁的欣快症中对自己而叮
当作响。雨带着无情的滴落声再次落下来。黑暗变得更浓更深，仿佛
它永远不会升起来。

我闭上眼睛寻找光，但内心黑暗是向我致意的一切——睡眠的希
望如同上涨的潮汐，前来与我相遇。

淹溺之城

大街上的沉寂
呈现出丁香的颜色
被冲上人行道的
波浪的低语打破

被海洋所压倒
这座城市即将
只是一种萦绕
我的大脑洞穴的回忆

它的石头被海藻饰上花彩
被鱼儿入侵
巨树生长在
它的钢筋环礁的顶端

当我在头上翱翔
一只忧郁的海鸥

黑暗的凯旋

早晨睁开眼睛，从它那叶状的长长睫毛下看着我。它诱人的微笑，诱惑我进入外面的白昼。

然而我留在门阶上犹豫不决，侧首回顾黑暗。

我的身边，夜晚像一片火中的叶片卷曲，我除了前进则无路可行。

早晨正在隐退，每一刻都越来越微弱，直到它溶入白昼，我与它同在。

我迷失在夜里，抵达一个炫目的涅槃之境。

然后光芒暗淡下去，万物消失在一个包含万物的阴影之中，我在这个阴影上面漂浮，仿佛漂浮在一条黑暗之河上。

夜晚已经回归，手里握着一朵深紫色的花，这朵花的芬芳高升起来，是献给月亮女神的焚香，月亮女神的脖子上，戴着一个颅骨串成的花环。

受惊的早晨逃往最遥远的地平线那边。

冬天的蝴蝶

冬天的蝴蝶
夏天的瓦砾
明亮于阴沉的天空上
为寻找庇护所而袭击我的窗口

在我的屋内
它们轻快飞绕我的头
穿过我的眼睛而入
渗透我的颅骨

它们的振动之翅
给我的思想打上光斑

梦幻之马

梦幻之马
迈着疾驰的蹄
驰过房间
穿过玻璃
进入外面积雪的街道
用一阵白色
让我颤抖的窗户吱嘎作响

昼与夜

夜晚被白昼乱糟糟地
塞进手推车推走
车轮的吱嘎声
在早晨用光芒的刀子
撕扯我的窗帘之际
把我从梦中唤醒

蓝色肉体

围绕我的房间
一圈蓝色身影
在黑暗中闪光
柔声歌唱

它们的歌声的焚香
抵达月亮的鼻毛
月亮露齿
向下凝视

它的黄色眼里
含有贪欲的微光
也含有
蓝色肉体的渴望

风景

窗口
面向黑色风景
仅有的灯盏
在芦苇尖上闪光

黑色花边的风景
被
粉红色肉体的闪光照亮

沸腾的风景
旋进
无边无际的黑暗

迷路的树叶

一片迷路的树叶从树飘到树
寻找枝条

树林中心，伫立着一株
粗枝发亮的黑树

迷路的树叶落在枝条上
向泥土滑落

永远躺在同一株黑树的
无数落叶中心

春日

一个凉爽的春日
鸟儿
用雪白的嗓音歌唱

阳光的条纹
如同一条条薄丝绸
横越小径

树木
投下暗色天鹅绒的
具有图案的影子

蝴蝶歇息
刺绣的花朵
被着迷的手缝缀

天鹅

　　一只白天鹅滑过苍白的水——一朵反映在湖泊之镜中的长着羽毛的百合；一支吹奏高高的透明音符的芦笛；一只搅动湖水那怀旧的气味而穿越水草的船；一只栖息在柳枝上的苍鹭——依然等待捕鱼的死渔夫的灵魂；而我自己在树林中间，朝里面看着这被想起的场景。

　　湖水的气味把我抚哄到挤满神秘身影的困倦状态之中。一只手从湖里升起，握着一把剑。一个绿衣骑士持斧，高视阔步走过湖岸，一个高大的长胡子魔术师坐在大圆石上，目光敏锐地测量着这场景，手持魔杖，仿佛正要开始一次最重要的旅行。

　　天鹅，现在比实体更大一些，用它那高贵而神圣的存在统治湖泊，也许在寻找着空缺的丽达①。

　　我抛去我的恍惚，从这可疑的魅力之景中匆匆离去之前，我把手指浸入湖水，在我的前额上追溯密宗的三叉戟的踪迹。

　　同时，天鹅之羽用柔和的洁白充满了天空，模糊那从云层中俯视的脸。

布洛克诗选

---

　　①希腊神话中埃托利亚国王赛斯提欧斯的女儿，宙斯化作一只天鹅来亲近她，后来来生下美人海伦。

钉死之月

被东京之塔的
尖顶刺穿的月亮
恐怖地俯视
它那在海湾的
阴暗之水中的
血红反影
同时，笛子的音乐
哀悼它那在这
红色钢架上的受难

东京之夜

夜晚歇靠在东京上空
如树叶之毯
覆盖林中的婴儿

在建筑物之树中间
灯盏如同萤火虫明明灭灭

海湾中的水
如同一条护城河
守护术士的城堡

同时，东京度过繁复不安的睡眠

《带墙的花园》(1992)
The Walled Garden

带墙的花园

1

清晨的花园
被那在小溪里闪烁
在跳跃的水雾中闪亮的
鸟歌所淹没

在从长满叶片的岩石顶上
斑尾林鸽咕咕发出塞壬①的音符
花园的
清澈之湖的罗累莱②

2

被抓在带墙的花园那编织着常春藤的手臂中，我做着长满叶片的梦，梦里充满植物的低语，在枝条中间柔声交谈的斑尾林鸽的声音，在池塘中的旗帜之间的橘黄色鲤鱼倏忽即逝的闪忽。

耧斗菜的记忆出没于充满阴影的角落，它们带来没人演奏的幽灵般的音乐。树木倾身探过墙，用绿色耳朵聆听。

---

①希腊神话中以美妙的歌声诱船触礁的海妖。
②德国圣戈阿斯豪森附近莱茵河中的回音岩，传说原系一位少女，因对不忠的情人感到绝望而投河自尽，死后变成一个诱船触礁沉没的女妖。

体液开始在我的血脉中缓缓流动,与音乐同时发生——直到花园
与我合二为一。

3

太阳
被芬芳的波浪冲昏头脑
用手臂刺穿云层
又用指点的手指
触摸最暗的玫瑰的
深红色的心

4

在巨大的栗树叶下面,花园用睡眠消除下午。它的梦幻呈现出花
的形态:玫瑰、蜀葵、罂粟、美国石竹、倒挂金钟,还有似乎体现花
园秘密实质的高大的白色百合。

在旗帜与芦苇中间的池塘里,金鱼以比通常更缓慢的节奏移
动——就连水波也分享白日的温暖。蜗牛沿睡莲叶片的下侧爬行,寻
找避荫处。一只青蛙游过池塘,仿佛在睡眠中游动。

你与我坐在围绕池塘的矮墙上,俯视深处,那里有一座水下剧
院,以根与茎为布景,正上演一场梦幻戏剧。当我们的思想螺旋而
下,进入超越池底的水一般的黑暗,它们就像卷须那样缠绕在一起。
我们跟着它们,投入一个朦胧的光芒、浮动的反影和移动的影子的世
界中,把池塘和花园远远留在我们身后,以便在昏睡的下午继续睡
眠,忘却我们曾经到过那里。

5

阳光照亮的花园
等待从它的墙

迈向回声的一步

沉寂
一张无形的网
罩在万物上面

就连被微风
搅动的树叶
也不发出一丝声响

花园
裹着砖石的斗篷
徒劳地聆听

6

花园充满黑暗
黑暗冲击墙壁
绕树而回流
淹死花朵
留下它们的花瓣
片片磷火
或飘移之星的
反影
一朵白玫瑰发光
如被反映的月亮

7

花园上的天空
鱼鳞般灰白
鸽翼般灰白

布洛克诗选

269

它游动或飞翔
冲向花园
适当把握它
从墙到墙
给它加顶
将它密封
隔绝于色彩和生命

8

花园奉献花朵
从囚禁的墙
买来自己的自由

但并非如此——那禁闭之墙
保护且挡住
又帮助花园获得
宝贵的光彩

墙是适当
把握花朵的手臂

9

今天，带墙的花园
充满那被数个世纪的
清澈的玻璃动物展览
所入侵的雨水

每片叶，每根茎，每片花瓣
都点缀着一大群
慢慢朝下

爬向泥土的
半透明的小蜗牛

苍白的蝴蝶
闪忽着穿过空气
以一种溅落
坠在闪发微光的草丛上

透明的蛇
沿着小径
蠕动，围绕着
鹅卵石和沙砾泛起波纹

聚集在墙内的
鸟歌
以一阵水晶骤雨从天而降

10

如今，当我走在
孤独的花园小径上
那花园向往
用刺藜之冠环绕我的头

我的脚步就在墙内回响
如同回响在墓穴中
但这里没有死者
唯有遥远的生者

尽管对于他们我是幽灵
他们也三三两两

围绕我的颅骨移动
萦绕我

11

在这闪烁着泪水的
雨一般明灿的花园中
鸟歌庆祝
太阳的回归

彩虹的音符
平衡在
蛛网的
灰线上

12

镰刀之月
驶越天空
一枚由夜的猎人
掷出的飞镖

所有高大的花朵颤抖
害怕被割掉
蜀葵
挤满墙壁避难

月亮继续向前扫掠得太远
因而不知花朵的恐怖

13

花园之墙

无休止
回响着消逝的脚步
听见一次——然后又消逝

我无声地围绕
花园而行
我自己的脚步
被悲哀压抑

仿佛在黑苔的小径上面

14

今夜，这花园
在月亮的掌握中
每一朵花　灌木　树丛
都被她那
纤长的苍白手指触摸
都被抓攫在
她那迫切的控制之中

唯一的运动
影子的形态
在她的
银弦上跳舞

15

沿着月光照亮的小径
幽灵般的身影
戴着面具或脸上涂绘过
以缓慢的队列行进

楼斗菜引导他们
在花朵中间行走
仿佛被月亮的渔夫
牵在一条银线上

他们应和无形演奏者的
音乐而摇曳
在一曲无休止的
萨拉邦舞曲中围绕花园

直到一只看不见的手
打开栅门，召唤他们
进入那边的夜晚的
空寂的静默之中

把花园留给
一个迷失在
回顾的
思想中的孤独行人

16

夏天的玫瑰微笑，死去
花园在它的肩头附近
把墙拉得更近

它乱挤在砖石的斗篷中
等待冬天

17

带墙的花园
如今是一碗雪
在那白色重量下面
生命灭绝

万物静止
除了——很轻柔——
在冰层下的
鲤鱼尾巴

这一年正慢慢
溜出视线

18

幽灵般发绿
钉在一棵树上
一个鬼怪似的身影在花园远远的一端
把苍白光芒垂洒在
它四周的万物上面

它从月亮上坠落
或从大地上升起
把墓园的微光给予花园
那微光警告行人
要保持距离

或在它那幻影之火里
永远燃烧

军队

一支被打败的军队,在监视者那轻蔑的目光注视下,沿着横越花园的路径缓慢而行,从花园一端的墙里显出,消失在另一端的墙里。墙外,没有这些被击败的士兵的迹象。他们是自己助以摧毁的那个花园的造物。监视者几乎无事可干。这支军队永恒而无终地自愿行军。我加入这以行列,与之同行,进入湮灭之境。

沼泽

今天,带墙的花园变成了一处荒凉之地,充满了那把墙隐藏在视线之外,因此这花园仿佛伸向无限的雾霭。芦苇的底部从一处沼泽的静水中上升。身后拖着慢飞的长足之鸟,在头上拍翅,把雾霭搅成那在静止的暗水上面旋动的白色漩涡和圆圈。在芦苇为回应某些难以察觉的空气运动而一同摇曳时,它们的哀鸣在芦苇的低声低语上面穿过雾霭沉闷地传来。鸟儿与芦苇几乎没搅扰这失落的风景的忧郁的沉寂。没有船为暗示人类的存在而驶过。奥菲丽娅的身躯不会在这静水上面漂过。在如此多的芦苇间,我徒劳地倾听挑战这孤独的沼地的荒凉的遥远的笛子音符。我迷失在雾中,被水和那帘幕一般挡住视线的高大芦苇所包围,从这被一棵孤单的柳树托在顶端的小岛上,我看不见逃路,那棵柳树是我在沼泽无边无际的浩瀚中心的最高点和圣殿。

日落

　　这是黄昏。花园寂静而安宁。在难以察觉的轻风中，树叶很轻很轻地摇动。枝头的栖鸟正为过夜而歇息下来，偶尔有一声翅膀的颤动或低声啁啾。我后靠在一棵苹果树的躯干上，目光越过西墙而仰望，那里，一个太阳正沉落在一片橘黄色或红色的海洋中。当我注目光流，一大群影像流进我的脑海，我尽力将它们记录在黄昏里。

　　　一片乳色之光弥漫于远天。在它的中心，热带海洋中的一个棕榈镶边的岛屿。一张脸显出，它的蛋白石眼睛回响着四周的天空。略带红色的金发散在脸上，在一个淹死的太阳发出的光芒中淹死。嘴唇，珊瑚礁，为了显出排排珍珠而开启。乳色的水域摇荡，因此海藻的头发随挑动情欲的脉冲而波动。鱼儿游进嘴里，又拖曳着泡沫的飘带游出来。那张脸慢慢沉没在波浪下面，天空暗淡成深靛色；水的搅动停息，天空静止，它的表面除了被磷光的小点打破之外，完整无缺。夜晚游进来，一条巨大的黑鱼。

　　当我抵达最后一个影像，太阳沉落了，黑暗充满花园。安宁和寂静比以往更为深沉。我再不闻翅膀的颤动和低声啁啾。除了靠近我耳朵的枝条上的叶片，树叶不再沙沙作响。我自问：我从天上看见的那张脸是谁的呢？

　　我确信，既然今夜什么事情也不会为搅乱带墙的花园的安宁而发生，我就进入房内，房子里面，其余的人围绕炉边的一根燃烧的木头而坐，那木头令人振奋地熊熊燃烧。

布洛克诗选

277

雪

雪在飘落。花园渐渐变得洁白而寒冷。冰覆盖金鱼池。鱼儿消失在视线之外的深处,静止不动,等待着冬天结束。冻结的芦苇坚硬而锋利地伫立,守护钻石之池的威胁之矛。雪压的枝条弯向积雪覆盖的大地。死花之茎如伸出的手指突出。脚步沉寂,却留下泄露行踪的痕迹。在它们中间,两只偶蹄印痕引起对古老敬畏的战栗。

影子、光芒和音乐

从这一天起,一只鸟儿的影子在白天不停地飞掠花园,同时,这同一个影子在夜里似乎扫过月亮的脸。无论这个影子何时出现,花园都注满了一种奇异的、非人间所闻的音乐,仿佛琴弦在花园上面伸展,月亮被影子拨动,如同被移动的指头拨动一般。

每当此景在夜里出现,白色菊花就获得一种用魔幻之光照亮它们四周之地的灿烂光辉。这种光辉的某个部分,好像伸及紫色和青铜色的菊花,这些菊花也以一种较少却准确无误的绚丽而发光。

我确信,我从带墙的花园下面的雪景中,以某种方式带来了影子、光芒和音乐。现在它们把一种魔术增添给上面的世界——如果这个世界要消隐,我就会为失去它而心碎。

栗树

当菊花开始枯萎，变成褐色，失去魅力，我在那将巨枝伸展过花园一角的巨大栗树的永恒中寻找安慰。我最初的致意行为是一首诗：

> 仰望着高大的栗树
> 我把我的思维和梦幻
> 悬挂在它那被冬天剥光的枝条上——
> 无形的音讯
> 等待着无形之鸟
> 把音讯带到一个迷失在
> 记忆的迷雾中的地址

我总是生活在仅仅被诗联系的梦幻和现实这两个王国里，很快就能听见春天之叶的沙沙声，犹如回答我无形的音讯的噪音。但它们的回答模糊，较之容易理解的答复，更像一曲混淆的哀歌。

在我闭着眼，抱着臂倚靠在它的躯干上时，那强壮的栗树本身就是对我的渴望的唯一真实回答。

在我的脑海中，我不仅能听见树叶的沙沙声，还能听见一条强劲之河的流动，它把我曾想过或想象过的一切都席卷而去，扫向那上面悬着模糊的浓雾的浩瀚水域。我清楚，如果我在这里站得够久，我就会摆脱所有牵扯物，进入涅槃之境。

栗树是伊格德拉西尔①——那世界之树的一此次下凡。就像伊

---

①古代斯堪的那维亚神话中的一株支撑宇宙的巨树，即世界之树。

格德拉西尔一样，它用枝条支撑天空，而下界在它的根须里。与它的联系，让我跟那犹如电流穿流导体那样穿流我的所有宇宙力量发生联系，因此我就成为宇宙那浩瀚无垠的有机体中的一粒原子。

《流入的河》(1993)

The Inflowing River

河与柳

倾斜的柳树
用尖舌
舔着水

河流颤动于触摸
在它那摇晃的脖子上
它的绿发升起

水面的诗

一本书漂浮在河上
像花瓣一样溅洒词语
在缓流的河上漂浮

结合，重新结合——
那形成又隐退的诗

森林张开手臂

森林对我张开手臂
我进入，在一条树叶之河上
世界被扫走

它的嗓音淹死在鸟歌的涟漪下
蕨的沙沙声
被空气的潮汐摇曳

我的脚步送来缓慢的漩涡
在越过小径的
影子中间打漩

湿林中

湿林中
哭泣的树叶
用发抖的嗓音哀挽
失乐园

从消失的
黄昏的远处
钢琴的音符
与树叶一起哭泣

此时，受伤的月亮
沉落在一个被钢琴
消隐的音乐
泛起涟漪的阴影池塘的

水面下

树叶

我写在树叶上
并将其漂下河流的诗
有一天可能会抵达你
然而诗将会褪去
诗人将会被遗忘
树叶仅仅适用于
肥沃你的花朵

翅膀

我的窗外
翅膀的拍击
召唤一张消失的脸

如果我拉开窗帘
它就会透过玻璃凝视我
目光中有吸血鬼的爱
把我的手指弯曲成利爪

秋潭

风穿过
芦笛而哭泣
沉睡的水
梦见忧郁的梦

秋天的第一片叶子
深红地漂浮
一只燃烧的小船
载着夏天的尸体

蓝色影子

一个蓝色影子
扫过风景
把黄色麦地变绿
把红色罂粟变紫
给白色百合染上
淡淡的天蓝色
如同坠落的天空碎片

月之针

月亮
用它的白银之针
缝缀夜晚的边界

夜的花朵

合围在夜的花朵中
我仰望群星
它黄色的雄蕊

玫瑰、手和钻石

　　在玫瑰的心中，歇息着一只懒散之手，它抓着一颗钻石，钻石锋利的边缘将手割出血来。一滴滴血落在玫瑰上，用液态的深红色沾染白色花瓣。被割痛的手张开，让钻石落下，钻石在坠落中创伤了芳香的玫瑰，导致它的香气在绝望的波浪中流动。手再次合拢，除了慢慢渗出的血，它什么也没抓住。

　　现在那深红色的玫瑰，没有了那受伤的手，那伤害的宝石，孤独而自由，在它把芬芳倾倒在一个空寂的世界时，慢慢死去。

　　手流血至死，萎缩得如同一团布满皱纹的根须。

　　只有那钻石，又硬又冷，无需丧失生命就生存下来。

招牌

　　有一块吱嘎作响的小客栈招牌。它的嗓音因抱怨而嘶哑。它在那里悬挂得太久了，展示着一个裹在尸布中的人物——那块尸布即使超越了坟墓，也不停地老化。从下面走过的骑手警惕地仰望。他们的马会脱缰，骑手们无法紧紧勒住缰绳。

　　当骑手沿着鹅卵石街道得得前行，转过一个街角消失，小客栈的招牌甚至就更加绝望地吱嘎作响，裹尸布的人物就在公开的极度痛苦中扭动。

　　在空寂的，要不然沉默的街上，招牌的声音变成那唯一赋予这个场景以衰退的现实感触的东西。

无穷无尽的时刻

　　丛林在我们面前难以形容地，无穷无尽地延伸。每一个密丛都潜伏着长有渴望之爪的豹子。长长的茅草用冷漠的刺刀挡住我们的去路。

　　在没有时间的沼泽中，每条路都丧失自己，山峦俯身，从安全的高处嘲笑我们。

　　港口中，船只战栗于没有地平线的大海的不可改变的距离。

　　鸟儿冻结的鸣叫悬挂在空中，这空气永远受雇于它们飞扑的记号，如同在泥土中成为化石的脚印。

　　生命被钉在自己的位置上，如同被钉在纸板上的蝴蝶。

无名之客

他是无名之客。他穿过所有的通道，最黑暗的走廊不怕让他进入。

他熟悉那些出没于街角和栖息在屋檐下的影子。他凭借月光与之交谈。

这城市没有哪条街道不曾感到他的脚步的紧急催促，没有哪道门不能回应他的敲击而开启。

然而他是无名之客，当他睡眠，他的头总是歇靠在失落于孤独的海滩上的黑色岩石上。

夜间的城

和弗朗辛的一幅画

这石头之城也是大脑的梦幻之城。只有在大脑的夜里,石头才这样交织它那奇异的紧急催促——那种催促编织着不可预见的巴罗克幻想的图案。

这盏灯把黄色影子抛在空荡荡的街上。它下面没有站着女人,她用温暖的肉体来诱惑男人的永恒渴望——对永不可企及的长笛与火焰的乐园的渴望。

上面只站着不知道爱情的石头女人。她的手不曾被迫去爱抚,也许仅仅是去祝福。但并不是被动作——也许仅仅是被那催促眼睛始终仰视的圣母的存在所迫使。

无人会踏上或生活在这座城市的街道上——因为这是生活的影子之城。

《黑色的十四行及其他诗作》(1998)
Sonnet in Black and Other Poems

黑鸟

一只黑鸟飞掠窗户
飞过之后留下一个影子

房间陷入在灰色的雾中
我的手写下"黑暗"一词

林中的黄昏

在林中散步
在隐退的光芒中
我的脑海充满
某个遥远的人的思想

钢琴音符
在树叶间倦怠地飘移
因为回忆
和花朵的芳香而沉重

被遗忘的面庞
从心形池潭中升起
在无声的
萨拉邦舞曲中飘过我

黄昏用它那珠光灰的手
把我的心放在摇篮里摇动

锯齿形树叶

锯齿形树叶
穿过树林旋转
划开树枝
切下嫩枝

隐藏在树木间
树林的女王
在黑暗池塘的岸边
坐在她的石头王位上

随一声溅落，她的头掉下来
池塘的水波
变成火焰
吞噬树林

旋转的树叶
逃进云中
它的牙齿滴血
它依然饥渴肉体

河流与芦苇

疾驰的河水
以伟大的神祇——潘①的名义
给芦苇洗礼

为了尊敬这位神祇
芦苇操起长笛
吹奏一曲颂歌

河流低语着赞美和嘲笑
纠缠在它那卷绕的
思想的旋动中

聋聩于长笛声
和它们浅绿色的歌

①罗马神话中的山林、农牧之神。

哭泣的月亮

哭泣的月亮
迷失在无际的天上
凄凉地漂浮在
孤独的海洋上

你银色的光芒
充满音乐的回响
——演奏在渴望的剧院中
空寂的舞台上

写在岩石上

长满青苔的消息
用天鹅绒的绿色文字
写在岩石上
追忆那消逝的
那迷失的
那被遗忘的
那回响又归于
沉寂的脚步
词语
漂浮在空中
在对于说话者和倾听者的记忆
渐渐消失之前
秘密的消息被说给
内心深处的耳朵

雨之网

我高贵的思想
迷失，纠缠在
雨水那灰白之网的
精细网眼中

它们像鸟儿一样悬挂
陷入那系在
幽灵般的林中
两棵树之间的罗网

它们绝望地
拍动翅膀
而它们的爪却纠缠在
那无法撕破的雨水的线里

我的思想
被弄脏，灰白
无助地悬挂在
这张依附的罗网中

死亡张开手臂等待

死亡张开手臂等待
一个纸板人物
一个空洞面具

它张开的大腿
一道通往虚空的大门
一次无休止的
坠落产生的眩晕

存在于
虚空那边的虚无
开启另一个虚空
空寂上的空寂
无休无止

《夜曲》(2000)
Nocturnes

夜

夜是一个黑暗的深坑
万物都消失在里面
一口深井
充满
湮灭的黑色之水
一块带来
梦幻和遗忘的鸦片
欢迎夜晚

夜晚降临

夜晚像一只黑翼猛禽
降临在我的身上
它的爪子展开
它的饥饿之眼闪发火焰
它吸取血液
在我的胸膛上写诗

布洛克诗选

303

门前的夜

夜晚在门前。当它敲门，它的手就沉浸在月光中。磷火的火花掉到地面上。它们坠落之处，黑色花朵苗发而出，带着惬意然而发腻的芳香花朵，就像诱捕苍蝇之蜜一样具有黏性，那些苍蝇的腐尸滋养贪吃的植物。金星用月光的嗓音说话，一个如同空庭院中喷泉声的嗓音。

夜晚进入。黑暗充满房间。黑色花朵的芳香弥漫房间。夜晚那穿凉鞋的脚，留下一连串越过地板的火花。

夜晚是一个舞者

夜晚是一个舞者
越过傍晚
与早晨之间的舞台
从翅膀中进入
消失在翅膀中
在这两者之间
世界就是它的舞台
夜晚在上面跳着
黑暗的舞蹈

夜晚的名字

夜晚把她的名字
用靛蓝的墨水
写在我灵魂的白纸上
我骄傲地展示它
直到白昼警告我
那是给我的逮捕证
和把我永远软禁在
黑暗地牢中的根据

黑发的帘幕

夜晚把她的头发垂在我的床铺四周
透过这张黑色帘幕
我瞥见隐约的身影
跳着一种虚无缥缈的舞蹈而移动——
黑暗投下的影子

转暗的房间

转暗的房间挤满朦胧的身影，它们在墙壁四周觅食，黑色上的黑色。它们长着嘴喙尖利的鸟头，向上弯曲的冠顶，以及代替脚的爪子。

尽管它们只能预示灾难，我还欢迎它们的存在。它们看起来如此像鸟，以至于它们随时都可能会飞向天花板，要不然它们也可能会拥挤在我的床铺周围，把爪子陷入我的心灵。

实际上，它们开始发出一种浅绿色的光，然后慢慢与墙壁融合。然后，墙壁本身开始发光，直到整个房间变得炽热，融化成一团绿色火球，这团火球像一粒巨大的绿宝石嵌入某种东西，我在其中像琥珀里的苍蝇——或者在一只被捕获的豹子绿色的眼里。

夜晚这术士

给苏珊娜

流动的河是深紫色墨水的冲击。在银白色和淡桔色的溅落中，月光束落在它的表面，这些色彩随着水波扩展又收缩，彩虹一般转变成深红色和淡紫红色——奔涌在边缘，与紫色融合。

毛茛和睡莲形成黄色和紫色指纹，被流动和群星的反影的融合所模糊。

一只小船停泊在芦苇中间，苍白的月光中，一艘几乎无形的幽灵船，在水流中轻轻摇荡。

笛子的音符，苍白得如同月光，穿过黑暗飘移。

一个日本花园中的夜晚

给苏珊娜

黑暗降临时
花与树的幽灵出没花园
幽灵般的枫树和樱桃树
在小径上倾身
用肘把白昼的树撞在一边
幽灵般的鸢尾花挤满水的花园
鲤鱼的白色幽灵
占有池塘

从茶馆中
传来幽灵般的笛子音符
逝去的时代和远处的
魔幻音乐
浮世绘仕女的透明身影
应和它而翩翩起舞

夜晚的兰花

　　夜晚开花，一朵硕大的兰花，被悸动的灯光射穿的深紫色。当风触及花瓣，它们就用淡紫色的嗓音歌唱。它们的歌声陶醉鸟儿，鸟儿发出迷幻的鸣叫和翻飞的羽毛坠落到大地上。

　　围绕着湖泊边界，夜晚的兰花繁盛得最为奢侈。在水与夜之间，有一种密切关系，水波通过反射月亮和群星来反映夜空。当湖泊点缀着百合花，它们就模仿群星。同时，一只天鹅复制月亮，甚至更加强烈地描绘反影。

　　当早晨接近，兰花凋谢，在白昼的河流上被扫走。

夜晚与核桃壳

　　白天，夜晚被囚禁在一只空核桃壳里。当时机来临，这只壳就张开，释放它的囚徒。夜晚溢出来，扩展，直到它充满大地和天空。它在这只壳里聚集了种子。现在它把种子撒在天上，种子在那里扎根，生长，开放成群星。

　　这核桃壳等待，知道在恰当的时间里，夜晚会带着它的花朵，被赶回到它的监狱，被继续囚禁，直到下一次从囚禁中短暂放风。

夜晚之鸟

夜晚，一只巨大黑鸟
拍动翅膀
慢慢从东飞到西
它的爪子在外面
准备好与白昼进行战斗

白昼，一头黄褐色狮子
耐心地等待
确信它的胜利
确信它的失败
如此连续不断

《色彩》（2003）

Colours

绿色影子

绿色影子乱扔在地板上
攀爬墙壁
遮暗窗户
与玻璃那边的绿叶融合

绿色薄雾颤抖
在意识的边缘上
如睡眠之水上涨
弥漫着一种淡灰蓝色

蓝色黄昏

一个蓝色黄昏开始在我的四面八方开放，投下如鸟翅振动的靛蓝色影子。

一个黄色声音打破沉寂，声调高，尖颤，在蓝色和靛蓝色上面突出。它在声音的脉管中流动，穿过黄昏的蓝色挂毯而铺展开来。

熟睡在枝头的鸟儿的嗓音，呈现珊瑚般的粉红色，用细小的花朵点缀挂毯。

一道瀑布编织银色的线。

紫色影子

天花板上的影子
是一条紫色的鱼
一条鲨鱼
或一条海豚
从唯一的灯盏散发的
光芒中跳跃
寻找黑暗的海洋
——它的诞生之地

紫色花瓣飘落

紫色花瓣飘落
在寂静的池潭上
水波为一张
消失的面庞哭泣
它再也不会
映照在水面上

紫色花瓣
在沉寂的空气中
音乐般浮动

白

白色在虚无的形态中
对我把它自己展示成
那虚空的要素
那所有色彩都淹死的湖泊
那溶化又擦掉的死亡
留下空白的一页
有什么东西正等待被写在那上面

柠檬黄

阳光穿过绿叶
落在一条跳舞的溪流上
一根芦笛的音符
与鸟歌融合
一队鹤鸟
从干草地上惊起

红

猛捣的鼓发出的声音
跳动之心的声音
脉动之血的声音

散发死亡与腐朽气味的
硕大花朵
在同一片黑林中发光
鸟儿在那里面
从一个被害的
诗人的骨头上撕扯肉

黑与绿

凝视黑暗池潭
我看见一张脸
被涟漪蹂躏
纠缠在绿色芦苇中
被黑色水鸟交叉着飞掠

那是我的脸
是你的脸，还是陌生人的脸？

布洛克诗选

319

布洛克诗论两篇

2 Essays on Poetry

创作自述

我总是赞同英国浪漫派诗人（我出生于一幢以诗人丹特·加布里埃尔之姓"罗塞蒂"命名的房子里）的宗旨——把想象视为诗歌的至高元素，实际上，我认为这个宗旨几乎与诗歌同义。像这些浪漫主义诗人一样，我也想象视觉意象至高的重要性，就是发挥作用的想象的具现。从法国象征主义者那里，我获得了这一概念：这些意象应该具有价值——代表了超越其描述的物质世界的事物的符号价值。在德国表现主义者的影响下，我也倾向于相信艺术是透过个性被扭曲的透镜而看见的现实。

随着这三个已经发生作用的影响，我遇见了超现实主义及其对想象的本质（无意识的突发）、符号的心理学意义以及个性的结构这一后弗洛伊德学说。

多年来，为了诗歌创作，我在超现实主义中找到一种充分的理论基础，并且在名义上赞同"自动写作"的原则（尽管我感到这个术语本身不完全正确），是获得一种完全真实的表现情绪，它摆脱了存在于想象型读者的兴趣中的折中和歪曲，正如安德烈·布勒东在《第一个超现实主义宣言》中所提倡的那样。然而回顾一下，我可以看见自己真的绝不愿把所有首先影响我的真实事物置于一边——如超现实主义所需要的那样——我也不曾经常不停地实践"自动写作"，尽管直到今天，我发现不容易建立多少我写作时练习的有意识控制。我愿意认为我的无意识和有意识思维没有冲突和对抗，并且同时运转。无疑，各方面所起的作用的相对重要性，在一篇作品与另一篇作品之间是不同的。但是，在我把隐秘赋予我的所有作品中的想象程度内，列举出安德烈·布勒东在《第二个超现实主义宣言》中的这样一个事实——他特别放弃了自己坚持把"自动写作"视为超现实主义的最高理想和全部内容。

在我的思维中，"超现实主义"一词，已倾向于获得一种诗歌理想的或者绝对的力量，我的所有作品未曾获得那种力量就倾向它。同一个心理学因素，也极有可能在以不同的名义而为其他因素存在。多年来，我重复地界定并且重新界定超现实主义对我究竟意味着什么。这个术语最终向我想去做的事情提供线索，即使它可能是更为复杂、更不能用整齐的注释来证明的事物的速记方式。目前，它是我所能奉献给读者的唯一钥匙——那些读者可能会被蔑视逻辑法则、没反映其了解的外部现实的作品所迷惑。首先，我从"超现实主义"一词的使用所希望的，就是它完全可能会帮助读者去接受和尊重一种存在——并非完全分离于外部现实的内部现实的存在，然而这个内部现实，在完全均等的条件下，与外部现实不可分割地联系在一起，因此那将吸收探讨的"超现实"世界，是内与外不可分割地融为一体的。

也许我还应该再说一句，我的诗歌中的抒情要素正变得浓厚，在某种程度上，这种要素倾向于逆反超现实的作用。然而在我看来，这与其说是种类上的意义，还不如说是程度上的意义，我所创作的一切，都渗透了超现实主义精神。

超现实主义之我见①

　　自从我在 1936 年伦敦超现实主义大展上初遇超现实主义以来，这个非常的字眼对我产生了一个富于诗意的声调，事实上，我到达了把"超现实"视为与"诗意"同义的地步。因此我写的（或读的）每一首诗，在其拥有成为真正的诗意的闪烁性质的这个程度上，对我显得超现实。

　　既然它特别难以捉摸和界定，它就包含着我将这种性质描写成"闪烁"的原因。我会说，为了获得具有诗意的资格，写作必须上升到日常世界之上，并且超乎于日常世界之外，以拨动那不为日常生活正规地触动的灵魂的和弦。在这个意义上，超现实完全不受个人化风格的 20 世纪超现实主义者的作品限制。依我之见，它存在于某些原始人的口语诗里——例如美洲印第安人；存在于中国、日本和印度的许多诗里；存在于英国、德国和法国浪漫主义的作品里——例如在阿罗夫修斯·贝尔特朗②、夏尔·诺第埃③的作品里，在洛特雷阿蒙④的《玛尔陀萝之歌》里最为明显，在诗里，尤其是在夏尔·波德莱尔的某些散文诗里，在热拉尔·德涅瓦尔⑤的诗歌和小说里最为有力；阿尔图尔·兰波，在我看来完全是一位超现实主义诗人，皮埃尔·罗蒂⑥的小说沉浸在一种超现实主义氛围之中——部分源于其色情布置以及对视觉、声音和气味的抒情描写。在我看来，在其超越性的抒情本质中，法国象征主义诗人也洋溢着超现实主义精神。

----

　　①本文系布洛克应译者之邀专为中国读者所写，其中除了对西方超现实主义诗歌有所论述之外，还特别就用汉语进行超现实主义诗歌创作的可能性作了探讨。

　　②③④⑤均为 19 世纪法国诗人。

　　⑥19 世纪法国小说家。

与超现实主义者同时代，尽管出自于不同哲学立场的德国表现主义者的诗歌作品，在我看来总是蕴藏着强有力的超现实元素，尤其是在埃尔西·拉斯克尔-许勒①和彼得·鲍姆②的诗歌作品里。

　　综上所述，显而易见，我不赞同安德烈·布勒东在《第一个超现实主义宣言》中所陈述的最早公式，根据这个公式，超现实主义是与"自动写作"（总之描述成"自由联想"要好得多）同义的。这种写作可能或者不可能产生出那种与我对超现实主义所下的定义相符的诗歌，大多数时候不可能产生。在此，意象的自由联想之间必须有所区别，在我感到术语和词语的自由联想是超现实的诗里面，意象的自由联想的结果可能会很好，这种超现实主义的写作受到某些超现实主义写作的支持者的热情鼓吹，很少引发任何值得被描写成诗的事物。总之，在《第二个超现实主义宣言》中，布勒东本人放弃了他对超现实主义中"自动写作"之作用的坚持。

　　至于"自动写作"代表着源于无意识的意象的自由流动，它与"灵感"同义，并且代表着所有创作活动中尤其是诗歌的重要元素。但是，这种原料得由诗人形成的艺术意识所开辟和塑造，这种意识可能将其独自转化为诗，在写下的词语可以到达诗的境界前，附加给纯粹表达的交流元素来引入其中。无连贯性并不是超现实主义诗歌的组成部分，只有诗人引导的无意识，才能对诗歌产生连贯性。诗人，即使超现实主义诗人，也必须站在形式一边反对混乱。这绝不是贬低意外的振颤的价值，或者不成熟的美，包括无理性的美在内。首先，它是句法方面的托词、诗的意象贯穿其中的媒介。

　　尽管我不懂汉语，但我相信，我对这种语言的了解，使我足以意识到它对欧洲感觉中的句法起着缩减作用，汉语特别适合与无需语法联系的意象并列。欧美意象派诗人，尤其是埃士拉·庞德，从中国诗歌的这种特性中为意象派获得了很多理论基础。严格地讲，我总感觉到意象派和超现实主义，通过它们对意象值得称道的强调以及对推论

①②20 世纪德国表现主义诗人。

思考介入诗中之否定，两者具有很多共同之处。一位意象派诗人说过，在一首诗里表现幸福的方式并不是说"我幸福"，而是说"一只白鸟飞掠蓝天"，即使超现实主义诗人可能会否认幸福的下意识意图，这一片与超现实主义诗歌息息相关的风景。因此在我看来，汉语极妙地适合于超现实主义诗歌写作，摆脱了那种损害了很多西方个人化写作风格的超现实主义诗歌。出现在那么多超自然和幻想型故事中的中国文学想象力，对于把一首诗引入那种魔幻的超越性特征，显然是极为完备的，尽管你可以不把它称为超现实。因此，如果中国文学为超现实主义诗歌的新的花期提供土壤，是最为恰当不过的。

生活与创作大事年表
A Chronology

1918 年：生于英国伦敦。

1936 年：前往印度探望父亲和继母，在印度与印度大诗人泰戈尔的侄孙女玛雅一见钟情，玛雅后来成为他创作的永恒主题。参加超现实主义伦敦展览会。

1938 年：用笔名"迈克尔·赫尔"出版其处女诗集《变形录》。

1952~1968 年：成为自由撰稿人，主要从事写作与翻译。

1960 年：与友人合作翻译《幽居的诗篇：王维诗选》。出版诗集《星期日是乱伦之日》。

1963 年：出版诗集《并不以阿门开始的世界》。

1966 年：荣获联邦德国政府颁发的"施莱格尔–蒂克德语翻译奖"。

1967 年：联邦德国出版了其诗选《我嘴里的两个嗓音》（英德对照本）。

1968 年：以英联邦学者身份来到加拿大，在温哥华的卑诗大学教授文学创作。

1969 年：出版诗集《野性的黑暗》和短篇小说集《如其发生的十六个故事》。成为美国俄亥俄大学英语系访问教授。

1970 年：回到卑诗大学任文学创作教授及翻译专业主任。

1971 年：出版寓言集《绿色的开始，黑色的结局》。

1973 年：出版剧本《不去香港》。

1975 年：出版长篇小说《兰道夫·克兰斯通与追逐的河流》。

1977 年：出版长篇小说《兰道夫·克兰斯通与玻璃顶针》（获同年英国新小说协会书奖）。

1978 年：出版诗集《黑色的翅膀，白色的死者》。

1979 年：荣获加拿大文化委员会法语翻译奖。

1981 年：出版诗集《黑林中的线条》。

1982 年：《黑林中的线条》获得《圣弗兰西斯科书评》最佳书奖。出版诗集《献给朱迪的双轮马车》。

1983 年：以终身教授的身份退休。出版散文诗集《雨的囚徒》。

1984 年：《雨的囚徒》获得《圣何塞水星新闻》最佳书奖。

1985 年：出版诗集《长满荆棘的心灵》。出版两部寓言集——《双重本我》和《双手穿花的人》。

1986 年：出版长篇小说《兰道夫·克兰斯通与玛雅面纱》。短篇小说集《森林之池》获得奥卡根纳短篇小说奖。

1987 年：出版长篇小说《诺伊尔的故事》。出版诗集《暗水》。

1988 年：出版长篇小说《兰道夫·克兰斯通走向内行的路》。出版诗集《绿纸上的诗》。

1989 年：出版诗集《温哥华情绪》。

1990 年：出版诗集《秘密的花园》和《月亮降凡》。

1991 年：出版小说《燃烧的教堂》。

1992 年：出版诗集《迷宫》和《带墙的花园》。

1993 年：出版诗集《具有致命颠茄眼睛的术士》和《流入的河》。

1994 年：出版诗集《黑暗的玫瑰》。

1995 年：出版诗文集《无懈可击的奥沃伊德·奥拉》。

1998 年：出版诗集《黑色的十四行诗及其他诗作》。

1999 年：出版诗集《在花朵中喷发》。

2000 年：出版诗集《夜曲》。

2001 年：出版诗集《黑天鹅的翅膀：爱与丧失的诗》。

2003 年：出版诗集《色彩》。

2008 年：出版诗集《季节：转折年的诗》。7 月 18 日，在英国伦敦的一家医院去世。